百歳以前

徳岡孝夫　土井荘平

文春新書

1332

百歳以前◎目次

執筆のプロセス

土井荘平

徳岡孝夫君と私は、大阪の旧制中学の同級生である。旧制中学といってもご存知ない方が大半になった今、簡単に説明しておくと、今の中学と高校を一緒にしたような五年制で男子ばかりの学校であった（私たちの学年は、男女共学を知らない最後の学年だった）。

一学年三百人以上いたといっても、五年も同じ学校の同学年でいれば、互いに顔も知らない者はいなくなる。中学時代の徳岡君と私は、その程度の知り合いだったに過ぎない。同じクラスになったこともなく、部活動も違った。戦争中徳岡君は兵器委員をしていて当時中学にもあった兵器庫の三八式歩兵銃の手入れをしていたころ、私は柔道部にいて、何の接点もなかった。

戦後私が野球部へ入って校庭で他校との対抗戦をしていたとき、彼は旧兵器庫の屋根の上で応援してくれていたようだが、応援していたといっても、野球部の花形選手ではない、八番ライトの私など見てはいなかっただろう。

連絡を取るようになったのは、仕事を離れて年金生活に入った私が大阪から関東へ移住して、エッセイや小説を書くようになり、はじめて出してもらった単行本を送ったら、彼が電話をくれた、その時からだった。その拙著には彼にとって思い出深い大阪のある場所を舞台にした一章があったのだった。

それ以後、活字になったものはすべて彼に送ってきたが、忙しい締めきりに追われる執筆生活のなか、彼は文書で感想を送ってきてくれた。活字になったものといっても、同人誌掲載のもので、野球でいえば、ライトで八番ですらなく、ベンチにも入っていない補欠選手のような私の小説らしきものに対して、彼は必ず一筆書いてきてくれた。と同時に電話での交友も深まった。

同級生のよしみ、といっても、なかなか出来ないことで感謝のほかないのだが、作品の出来不出来とは別の、私の書いているものの内容が、彼の郷愁を誘う時代であり、また故郷大阪の風景が背景であることも、私たちの「老いての交友」に繫《つな》がったのではないかと思っている。私の書いてきたものは、ほとんど大阪を舞台にした大阪弁をしゃべる同世代人を主人公にしたものである。

誰しも同級生の絆というものは他の関係にも増して深いものだが、それに加えて私たち世代の同級生には、中学時代が戦争のさ中で、三年生から四年生にかけての戦争末期の特殊な体験を共有しているという絆があった。学業はなく勤労動員ばかりのなか、空襲に逃げまどう毎日を過ごす極限下の十五歳だったという体験を共有する。まだ戦っていた訳ではなかったが、戦友と呼べるに近い感情を共有している同級生だった。

昭和二十年（八月には終戦となる年）、三月からの度重なる空襲で大阪の街の大半は焼き払われ、戦局はすでに沖縄も陥落し、「本土決戦」が叫ばれるようになった五月、六月、私たち四年生は和歌山へ連れて行かれた。農家や寺に分宿しての、敵の上陸に備える沿岸陣地の構築作業だった。

敵機が大編隊で悠々と北へ、大阪の方へと飛んでいく下で、「早く作らないと、敵が上陸してきたとき隠れるところもないぞ」と監督の兵隊に尻を叩かれての、海が見える山腹での穴掘りだった。
敵の空母から飛んできた小型機が飛び回って機銃掃射を仕掛けてきて、隠れるよりほかなかった日もあった。その日は夜になってからの作業になったりして、「ここで死ぬことになるかもしれん」などと、ふと思ったりした毎日は、いくらしゃべってもしゃべり切れない思い出だった。私の中学では私たち四年生だけの体験だった。

中学時代に深いツキアイがなかった間柄が、こんな共通体験を話し合ううちに、その距離がアッという間になくなって以来二十数年、ここ数年は二人とも妻を喪《うしな》い、独り身になったせいもあって、ほとんど毎日のように、電話でいろんなこと、その日の阪神タイガースのことや、弟妹や子供たちと話すのとは違う話、弟妹や子らが聞いてくれない話をも含んで、故郷大阪の言葉でしゃべり合っている徳岡君と私だが、今でも時々和歌山の話をすることがある。

このような関係の友を持てているのは、幸せなことではないかと思う「百歳以前」である。

そんなツキアイのなか、徳岡君から、われわれ世代の体験を本にしておこうや、という提案があった。令和二年の秋、徳岡君との共著として『夕陽ヶ丘——昭和の残光』という本を上梓《じょうし》した。この本には、さまざまな方から望外の嬉しい評価、激励をいただいた。その励ましに勢いを得て、九十一歳の同級生二人が書いたのが本書である。

徳岡君は、「長寿になったといっても、百歳になったらもう何をする能力もなくなる。百歳以前をどう生きるかだよ、これからの課題は。それを書こうと思う」と、新聞記者生活のさまざまな記憶の中からエピソードを択《えら》んで、締めに、問題提起や提言を置きたいと言う。私は、それとは何の脈絡もなく、「『百歳以前』の身辺雑記」として、九十歳を超えた今現在の、環境、生活、思いなどを書いてみたい。後輩への指針になるか、反面教師になるか。いずれにしても何らかの意義があると思う、と言った。

こうして本書を編むスタートが切られた。

「書いても書いても、というて実際には書かれへんから、覚えるんやけど、それが、覚えたつもりのもんが、いざ話そうとすると、みんな飛んでてなあ。結局ぶっつけで話さんといかんのや」

「だから、細切れでいいやん」

「そう言うてくれると助かるわ」

「いやねえ、この頃テレビで記者会見なんか見てると、新聞記者はみんなパソコンやスマホを前に置いて、聞いたものを直《す》ぐ打ち込んでるみたいやけど、こっちはそうはいかん。キミがしゃべるのを直打《じかう》ちしようとすると遅れて分からなくなってしまうから、ICレコーダーに録音して、その録音したものを再生してパソコンに打ってるんやけど、そんなことにも慣れてないから、なかなかスムースには運ばん。電話の時はよう分かった筈《はず》の文章が、再生の時は声が違うので聞き取りにくい。長い文章やと推測がし難《がた》く、キミが何としゃべってたかが思い出せなくて難儀する。その点、細切れで聞いたときは直ぐパソコンへ入れるので今聞いたことは聞き取り難くても推測できるからやりやすい。そやから、細切れでいいから、どんどん行こうや。それで後でプリントしたものを読むから、その時、修正してくれたらいい」

これは、今日の徳岡君との電話会話の一節である。

彼は、眼がどんどん悪くなってしまって、この頃はもう字を読むことは到底無理になってしまっているので、口述筆記で原稿を書くようになっている。

カセット・レコーダーで録音できればいいのだが、彼の視力ではその機器を操作できない。

私が彼の家へ行けばいいのだが、同じ神奈川県に住むといっても、私の住む西神奈川の小都市から横浜の彼の家までは、バスで四十分ぐらい乗って、そこから電車で、それも一か所乗換せねばならず、今の私には独りでいくのは到底無理で（総まとめをするような大事な時には、タクシーで行く手もあるが）、彼の口述を電話で受けて、私が筆記する形で、彼の原稿作成を手助けしている。

新聞記者や雑誌記者の経験でもあれば、電話送稿を受けたり、対談を記事にしたりしたことがあるだろうが、まったくその経験のない私なので、最近ようやく少し慣れてきたが、それでも録音したものを再生したり、止めたりを繰り返しながら彼の文章として書き留めるようにしている。

彼が不自由だろうと思うのは、書いた分を読むことができないから流れが摑《つか》みにくいことで、そこで、あまり溜めずに書いた分を私が電話で読んで、次を彼にしゃべってもらうようにしている。

また、年月日や固有名詞など、彼は記憶以外には調べることができない。そこで間違ってはいけない人名、地名、年月日などのウラを取るのも私の分担で、ネットで調べたり、年表で確認したりして彼の文章に入れている。毎日二、三回は電話でやり取りしながら進めている。

彼の原稿を筆にするその合間に、私は自分のチャプターを書いている。

現在九十一歳、このトシの現実を書いて、彼のチャプターの間に挟むことに意義があるのかどうかは分からないのだが、やるだけやって読者諸兄姉のご批判に任せようと思っている。

私が思いついて彼と話して決めたことなのだが、日本人が今ほど長寿ではなかったせいもあるが、九十を超えた男が九十歳以上の日常を書いたものに思い当たらない。それを書いておくことも何らかの意義があるのではないか。

そして、その狙いは、「百歳以前」の現実を挟むことによって、単なる老人の思い出話とは違うものを作り出せるのではないか、と考えて書いている次第である。

このような形で執筆作業をやっていると、二人とも結構忙しい。

彼も書き始めたものを早く先へ進めたいだろうし、私の方は彼の口述を早くプリントしておきたいという気になる。ちょっと油断してまとめて書こうなんて思って溜めると、分からない箇所があちこち出てくる。

しかし、いずれにしても、これをやっている間は、それなりの充実感があるような気がする。彼も同じではないかと。これは私の勝手な想像だが。

出来上がって本になっても、彼は読むことができない。前著『夕陽ヶ丘』でやったように、全編を私が読んでCDに録音し、彼はそのCDで聴くのがゴールだが、今はそのゴールを考えているのではなく、つくるプロセスに全力投球中である。

このような執筆をやっていることは、二人にとって、生きている目標を持てていることになっているのではないか。

勿論《もちろん》、二人の電話の会話は、執筆作業ばかりではない。時事問題の話もするし、天下国家も論ずるし、お互いの家族のことを話すこともあるし、また共通の友人の消息についての噂話もする。それにも増して、九十一年の思い出話は尽きない。毎日のように電話していることは、お互いのストレス解消にもなっているような気がする。

令和三年一月十七日、あの阪神・淡路の大震災の日に、テレビが映し出す当時の惨状と、「がんばろう」の鎮魂の行事を見ながら、私は、自身の体験もさることながら、ある一つのことを思い出していた。

オンリイ・イエスタデイ（つい昨日）のことのように思えるのに実はもう二十六年も経っているのが信じられない思いなのだが、あの大震災の後、友人を神戸西灘《にしなだ》の避難所に訪ね、連れだって神戸三宮駅前へ出たとき、彼と交わした会話を思い出した。令和三年の今日はじめて思い出したわけではなく、ことあるごとに思い出すのだった。

三宮駅前の瓦礫《がれき》の山を見て呆然としていたときだった。

友人が、ポツリと言った。

「なんでもあり、やったなあ」

「エッ？」

「いや、なあ、考えてみれば、オレたちの人生、なんでもありやったなあ、と思って。子供のときの阪神風水害、六甲からの鉄砲水に家ごと押し流されて。次は戦争や、ここらへん見渡す限りの焼野原や」

「そうやなあ、さっきから見たことのある風景やなあと思ってたんやが、空襲のあとの瓦礫の山と一緒やなあ」

「それで、今度はこの地震や。ホンマに、なんでもありの人生、やったなあオレたち」

「そういえば、オレは戦後のジェーン台風に大阪の焼跡に建てた急造のバラックで出遭うて屋根飛ばされたこともあったなあ」

　友はちょうどさしかかった生田神社の前で、

「コラ、生田はん、何しとんねん、自分の住居《すまい》まで壊されよって。今までナンボ賽銭《さいせん》やった思うてんネン」

　と関西人らしい冗談を言って笑ったが、虚空《こくう》に向けられた彼の目は笑っていなかった。

その後、私が直接体験したわけではなかったが、東北の大地震という大天災が起こり、その際の原発事故という人災をも日本は経験した。「ナンデモアリ」の人生は、更に感染症ニューコロナの蔓延《まんえん》という百年に一回あるかないかの疫病災害にまで見舞われ、まだどうなるか分からないさ中にいる。この本を作ることを意識の中心に置いて、「百歳以前」を生きてゆこうと決めている。

真の英国紳士

徳岡孝夫

ベトナム戦争の時のことである。

泰文堂（書店）の平田さんが、

「徳さん、峯さんがベトナムで死んだ」

と言いながら、バンコクの私のオフィスに入ってきた。

「エッ」と応じたが、言葉も出ない。思わず三日ほど前にバンコクへ訪ねてきたＵＰＩ通信の峯弘道君が座っていた椅子を見た。

幽明境を異にするというが、その境はあまりにも私の机から近い距離にあった。

インドシナを染めた泥と炎のさまは、沢田教一カメラマンによって全世界に知らされた。同じＵＰＩ通信の峯カメラマンの奮闘も沢田さんに劣らないものだった。

シュルシュルと、ベトコン（南ベトナム解放民族戦線）の迫撃砲の音がすると、スプリット・セカンド（一瞬）でどの方向に伏せるべきかを考え、這いつくばる特技は、他のカメラマンにはちょっと真似できないものだった。米軍輸送機が前線基地から離陸した直後、誤って味方の砲弾を受けて胴体が空中で真っ二つになっている。撮影場所は忘れたが、峯さんの動物的な勘が働いた有名な一コマである。

その人が突然いなくなった。信じられない思いで空になった椅子を見詰めた。戦場の取材は常に死と隣合せだった。

その峯さんの死より前のことだが、私はながい記者生活の中で、一度だけ「書置き」を残して取材に出かけたことがある。

東と西の大国米ソが対立し、互いに相手の国民を何度も殺すに足る核爆弾を持って向かい合う、一九六八年初頭の世界は、新型コロナ・ウイルスとはまた異種の恐怖に包まれた世界だった。

ラオスの首都ビエンチャンのオテル・コンステラシオン（ホテル）の一階は各国記者の溜まり場になっていたが、そこでラオスの左翼ゲリラであるパテト・ラオの爆弾攻撃を電話取材していると、タイ人記者が「本社へ電話したら、『ラオスの原稿はいらない。第三次世界大戦がはじまるかもしれないのだ』と断られた。こんなことは初めてだ」と大声で報告した。北朝鮮による米艦プエブロ号拿捕《だほ》という事件が起こっていたのだ。

その安ホテルにいた各国の記者は、黙って顔を見合わせた。

それがラオスの王都ルアンプラバンに侵入して迫撃砲を複数発発射したパテト・ラオ取材の第一歩だった。

Ａ新聞のＯ記者（故人）と二人でルアンプラバンへ行ったのは、その前日だった。ビエンチャンのガレージが旅客機用の格納庫になっていて、そこからタラップで乗り込んだＤＣ３が旅客機だった。

中部ラオスの険しい峰々が眼の下に拡がる。

眼を上げると旅客機の胴体のリベットが、機体が揺れるたびに、キィー、キィーと音を立て、伸びたり縮んだりしている。

「徳さん、この飛行機、大丈夫かいな」

という０記者に、私は、

「乗ってしもうた飛行機や。着くまで辛抱せんとイカンやんか」

と答えるよりほかはなかった。

客席と客席の間の通路には、お婆さんが担架に乗せられて寝ていた。いつ落ちても不思議でない田舎ローカル線中のローカル線の飛行機のようだった。

ビエンチャンへ引き返し、日本大使館書記官の平岡千《ち》之《ゆき》氏（三島由紀夫の実の弟）に通訳を頼んで、プーマ首相にインタビューして、原稿を仕上げ電報局に行くと、二階建ての二階電信室から床の穴を通して竹籠がスルスルと下りてきた。

「この電報、届くんかいな」

Ｏ氏がまた心配した。つまり当時のラオスはその程度の田舎国だった。

Ｏ氏と私は、大阪社会部の記者同士で、職場で顔を突き合わせることはなかったが、他の記者の休みのカバーに行ったとき会うことが何度もあった。

それよりも年に二回のＡ社と私の毎日新聞の野球定期戦で、彼は応援団（五人か六人）の常連だった。

私は毎日側のキャッチャーで、捕手と言っても、パスボールは常のこと、主な仕事は、内野ゴロをとった自軍の内野手が二本に一本は一塁へ暴投する、それを拾ってチャンスとばかり二塁へ向かって走る敵走者をアウトにすることだった。

ただ試合後の打ち上げは大阪市長の応接室と決まっていて、ビールはもちろん大阪市持ち、敵味方の隔《へだ》てなく気楽に飲んだ。

後に友人の磯村隆文氏が市長になったとき、一度だけ市長室を訪問したが、昔の机や椅子がそのままになっているのに、「大阪市もわりと倹約してるなあ」と感じた。

O氏と私は、だからビールの上の親友だった。

ビエンチャンに手持無沙汰の滞在をしても仕方ない。

「ともかく一応バンコクへ帰ろう」

二人でメコン川を小舟で渡り、対岸のタイ領のノンカイへ着いた（今では鉄道が通じている）。そこから列車に乗ってバンコクへ向かった。

二段の寝台列車だが、ベッドの寝具から通路との間のカーテンにいたるまで日本からの援助物資なので、日本にいる気分でゆっくり寝た。

バンコクのフワランポン（中央駅）に寝台列車が着いたのが翌日の早朝である。

寝台から身を起こしたＯ氏が、

「徳やん、済まんけど、英語の朝刊買《こ》うてきてんか」

と言うので、私は先に身支度をしてプラットホームに降り、英字紙「バンコク・ポスト」を見ると、テト（旧正月）を期して反米勢力が大攻勢を始めた記事で埋まっている。

新聞を二部買って寝台車に戻った。

「えらいこっちゃ、サイゴンでえらいことが起こってる」

Ｏ氏がすっとんきょうな声を上げた。

これが一九六八年一月テト攻勢の始まりだった。

米軍の援助を受ける南ベトナム政府軍と遠く中国から資材を輸入する北ベトナムとの衝突は、このテト攻勢をきっかけに大転換した。

サイゴン（現在のホーチミン市）が直接攻撃を受けただけではない。在南ベトナム米国大使館が占領された。

米軍は塀の外から自動小銃で大使館内部を掃射し、その後に自国の大使館を奪還するという屈辱的な立場に陥れられた。

一週間後、Ｏ氏と私はバンコクの当時のドンムアン国際空港に隣接する米軍基地から米空軍Ｃ１３０に乗って武器弾薬の輸送が一段落したすきにサイゴンに入った。

Ｏ氏は、「俺はＡ社のサイゴン特派員。徳さん、お前は毎日のバンコク特派員で、バンコクが主要取材地で、ベトナムには直接関係はない。俺はある。だからお前の原稿は俺の名前で俺の新聞社に送る」と要求した。

ヘンな理屈だが、Ｏ氏の気持ちは分からぬものでもない。私は躊躇《ちゅうちょ》したが、Ｏ氏を送って行く途中で立ち寄ったバンコクのオリエンタル・ホテルには、米人観光客が何人もいて、口々にテト攻勢の噂話をしていたから、まあええやろうと素人野球の友情に免じて私の記事を使う許可を出した。かくしてＡ紙の紙面にはＯ氏の署名入りの記事、すなわちバンコクで取材した私の記事が、米人観光客の談話として、二つか三つ掲載された。長い新聞記者生活で私の原稿が他紙に載ったのは、後にも先にもこれだけである。

サイゴンに着いたのは夜で、タンソンニャット空港に着くとＣ１３０の一つしかない窓から昼間のような明かりが入ってきた。空港の周囲はまだベトコンの占領下にあったので、対抗するための照明弾だった。

さらにダナンに移動、プレスセンターで男女同室、寝袋で一泊の後、私はユエ（今はフエという）を目指すトラックの荷台先頭中央に乗った。

後から次々に米海兵隊員が乗ってくる。米海兵隊の服とよく似たバウチスーツ（新聞記者の仕事服）を着た私は最前列中央に立つ羽目になった。

トラックはまだ解放戦線の占領下にあるユエを目指して動き出した。

「まるで祇《ぎ》園《おん》祭のお稚児さんやな」と感じた。

二十数キロあったと思う国道一号線の橋という橋はみなゲリラ攻撃で落とされていた。迂回しながら前進する。ユエが近づくと道の両側に死体が転がり始めた。テト攻勢開始から一週間、死体は生きたままの顔色で横たわっている。

瞬間に私は、これは表紙にいける、と思った。「サンデー毎日」の表紙の写真にいける、と思ったのである。

胸に提《さ》げたカメラで二、三枚撮影した。すると隣りに立っていた海兵隊員（黒人）の巨漢が、

「おまえ、えらいところ、撮影するなあ」

と私に注意した。途端に米国南部の墓地に静かに眠っている綿畑労働者を思い出して、私もそれ以上の写真は撮れなかった。

日本の紙面では、米軍はすべて悪魔のように描かれている。しかしこの黒人と私をくらべてみれば、私の方がずうっと非人間的ではないか。後ろめたさが鋭く私の胸を打った。

ユエに着いたら、フォン川の向こうは解放戦線に占領されていた。

国道一号線の鉄橋は中央で落ちている。それを渡って米海兵隊はユエ市内へ進んでいたが、私は手前で踏みとどまり、あたりの情景と死体散乱の様子を原稿にしてフーバイ空港へ帰るトラックを探した。

ユエ旧市内の城跡の旗竿には解放戦線の旗が翻《ひるがえ》っていた。

私の原稿は「日本人記者、旧都ユエ第一報」として、夕刊一面に載った。その新聞を私は日本に帰って見た。一番乗りしたことが何が名誉か、トラックの上から死体を見て、週刊誌の表紙にいけると考えた、この方が黒人の海兵隊員より、はるかに非人間的ではないか。

戦場で死体を見て、少年時代に空襲しか知らなかった私は、戦争の苛烈さを真に体験したとは言えないんじゃないか、体験したように書くのは恥ずかしい行為だと感じた。

ベトナム戦争は終わり、米軍に勝ち南北統一したベトナムは米国と友好的な関係を結び、今は中国の攻勢にそろって身構える仲になっている。しかし、五十余年の昔には、米軍と北ベトナムは殺し合っていた。

人間はこうも変われるものか。百歳近い私は驚くとともに、死体を見た瞬間に、週刊誌の表紙にいける、と感じた自分を今も恥ずかしく回想している。

テト攻勢は北ベトナム軍と南ベトナム解放民族戦線にとって大戦果だったが、それ以上に戦略的に大きい意味を持っていた。テト攻勢の成功によってアメリカ国内の反戦世論、厭戦気分は一気に高まり、それがパリにおける和平交渉へと発展していった。

日本のベトナム駐在記者たちは、首都サイゴンの支局にとどまり、安全を選んだが、私はベトナム戦争の取材経験がそれまでなかったので、かえって、勇気を出して前線を取材した。

バンコク支局に帰って机の引き出しを開けると、最初に家族に宛てた「書置き」が出てきた。

「何という浅はかな英雄気取りだったんだろう」と私は言いようのない恥ずかしさにかられ、それを引き裂いて紙屑籠に捨てた。

ベトナム戦争の最後の一ページは、バンコクでの任務を終わって、東京の「サンデー毎日」編集部に復帰したときのことだ。上の人が私のデスクの前まで来て、

「おい、ベトナムへ行ってくれ。戦争が終わりそうなんだ」と言った。

私は四の五の言わず立ち上がると、家に帰って手荷物を整え、東京本社に引き返し

て、ベトナム行きのビザを取りに、ベトナム大使館へ行った。
ちょうど蒋介石が死んで数日後のことで、乗り継ぎの台北空港の売店が、写真フィルム屋を含めすべて閉店になっていたので、買うつもりだったフィルムが買えなかったのを覚えている。

首都サイゴンは陥落しようとしている。これはベトナム戦争の最終章だと腹をくくった。

サイゴン市内はすでに全面夜間外出禁止になり、異様な空気が漂っていた。

中部高原ではじまった解放戦線の一斉攻撃はみるみるサイゴンに迫り、サイゴン市内の公園はユエ、ダナンなどから逃げてきた難民がひしめいていた。

サイゴン市内はまもなく昼間も全面外出禁止になった。日本人はまだ自分の国が昼夜を通じて外出禁止になった例をご存じないだろう。

これが非常事態よりも危険な状況をつくるのである。

外出禁止だから、街に出ているものは軍人か警官だけである。安心して街に出ると、私服を着た紳士に物をひったくられる。それを防ぐための警官はすでに難民の一部分であり、市民を助ける任務を放棄している。異様としか言いようのない緊迫感が首都を包んでいた。

サイゴン駐在特派員だった古森義久君が、

「サイゴン最後の一日を取材する者を除いて、全員ベトナムから出てください。僕一人なら、どんな状態になっても、なーに、ベトナム人の中に潜りこんで、安全を図ります」

と言うので、われわれ毎日勢は協議して、サイゴン陥落の取材分担を決めた。

私は、ボートピープル（小舟などで故国ベトナムを脱出する難民）の取材、というより、ボートピープルに混じってベトナムから脱出する。そのルポを書く、という役を与えられた。

ベトナムから出国するためには出国ビザが必要になる。私は支局のベトナム語通訳のチュウさんを伴ってビザ発給の窓口へ行った。

すでに大勢の人が窓口を占領している。そのそばに制服の巡査が立っていたので、チュウさんに、「どこの窓口へ行けばいいか、聞いてくれ」と頼むと、すぐにチュウさんが振り向いた。

「いくら出すか、と言ってます」

制服警官が無断出国の仲介役をやっていたのである。

夕方に取りに来るから、と約束し、成功時に払うチップの一部を払って、私は外に出た。

翌日、報道関係者全員退去の連絡が、UPI通信からきた。落ち合う先のUSIS（アメリカ海外広報局）の前に、正午過ぎに集まれ、という。

途中の道路は、「ワン・アット・ア・タイム」である。人通りの絶えた道路を一人ずつが間隔を置いて、そろそろと歩く。その間も横を通り過ぎるジープや戦車がある。いつ、誰に、捕まって、命またはチップを取られるか分からない。

USISの前に着いた。外国人記者が三十人ほど。日本人記者の顔は一つも見えない。

「これは、特ダネになる」と一安心した。

そこへ人相の悪い、どこかのニイちゃんのような、米人数人が現れ、

「トラックから降りろ。これはCIAのものだ」

とトラックの上にカメラや録音機を置いているカメラマンを追っ払った。

米人記者に聞くと、CIAの正規職員とは思えない、サンフランシスコの街頭でうろついている野良犬のような連中を駆り集めてサイゴンに送り込んだとしか思えない、とのことだ。

記者団は、USAID(アメリカ国際開発局)へ行け、という連絡が、そこへ来た。われわれ記者団は、一団になって移動した。幸いその間に強盗その他のひどい奴には会わなかった。

気温は三十度超である。立っていても汗が額を流れる。迎えはなかなか来ない。食べる物はない。しかし、迎えの来る予定のない一般のボートピープルよりはマシだった。

やっと一台の中型バスが来た。これに乗れば郊外のタンソンニャット空港へ行ってボートピープルになれる。

私は乗降口の手すりを摑んで一番に乗ろうとした。

とたんに、ＵＳＡＩＤの近くの民家のドアが開いて、ベトナム人数十人が出てきた。われわれ報道陣を押しのけ、バスに乗ろうとする。バスに乗って空港の中に入れば、アメリカ行きの切符を手に入れたも同然である。しかし、逆にわれわれの取材はできなくなる。私は、「どけ、どけ。これは報道陣専用バスだ」と、誰も理解できない日本語を叫びながら、バスに乗ろうとした。

そのとき、

「Women and children first」

と叫ぶ声がした。一瞬、私はためらい、バスのタラップから片足を外した。入れ代わりに、ベトナム人ボートピープルがどっとバスの中へなだれ込んだ。アッと言う間もない。私はかろうじてタラップにつかまり、動き出したバスに運ばれて行った。

タンソンニャット空港は、全員がボートピープルとなって脱出したらしく、ガランと空いていた。

そこで一時間待った。やっと若い米海兵隊員が現れ、

「五十人ずつに分かれよ。俺がgoと言ったら、そこのバスケットコートに着陸する米軍ヘリコプターに乗れ」

と命令した。

ベトナム人の中に、老紳士が一人、混じっていた。か細い声で、

「私は、英語が分からない。行け、と命令されても行けない」と言う。

困ったやつが混じってるなあ、と私は舌打ちした。

老人は足が悪いらしく、杖をついている。

米軍ヘリが着陸するバスケットコートまでは百メートル。この老人はそれを走れないだろう。

困ったな、まったく、と私は、また舌打ちした。

その時である。

「I'll walk him（俺がいっしょに歩いてやろう）」

という声がした。

バスに乗るとき、「女性と子供が先だ」と私を制止した英国のデイリー・メール記

者のビンセント・マルクローンである。

彼は老人の片腕をとり、二、三歩歩く練習をした。

それからさらに二時間待った。

やっとわれわれボートピープルの順番が来た。

ヘリコプター一機に五十人、私は走って素早くヘリの後部乗降口から腹ばいで乗り込んだ。

振り返ると、ビンセントは、老人の片腕を摑み悠然とした足取りでヘリコプターのほうへ歩いてくる。

早くしろという気持ちで、私は、エキゾウスト（排気）で陽炎《かげろう》の立つヘリの機関部越しに、老人と英記者をみつめた。

二人がわれわれボートピープルに両脇を支えられて乗り込むと、後部ハッチを開けたまま、軍用ヘリコプターは急発進、上昇した。

タンソンニャット空港近くの民家の屋根にはベトナム市民が上ってサイゴンに近付いてくる解放戦線の様子を見ている。そういう人々に接触せんばかりに、ヘリは低空を飛んで行く。

われわれは海上に出た。

米空母「ハンコック」に乗り、そこからさらに、第七艦隊の旗艦「ブルーリッジ」に移乗した。

私がふと見ると、ビンセントも来ていた。

「あの爺さんは」と問うと、

「ちゃんとボートピープルの一員に加えた」

彼は涼しい顔で答えた。


このことがあってから数年後、私は社用でロンドンへ行った。

ホテルからデイリー・メールの電話番号を探し、かけてみた。

出た人間は、静かに、

「ビンセントは死にました」

と言った。

「だが息子は我が社に勤務しています。ただ今出張中なので紹介することができません」

ということだった。

そのときの用件について取材が終わり、日本へ帰った私は、デイリー・メールの編集長あてに手紙を書いた。

むろんビンセントの良心的な行動と勇気を称《たた》える手紙だった。

その手紙がデイリー・メールに載ったかどうかは、誰も知らせてくれなかった。

それ以後私はベトナムへ行っていない。

ベトナムは中越戦争（一九七九年、中国がベトナムへ攻め込んだ）を戦い抜き、今は平和な国として存在している。

ビンセントは、紛れもない英国紳士だった。

われわれは、この百年、弱いものを助け、全体の福祉を念頭において行動してきた。模範となったのは、去りし百年を生きた英国紳士または理想化された英国紳士の行動とことばだった。

次の百年の世界は、どんな倫理観によって人々を助けることになるだろうか。「百歳以後」の社会も同じ形でつづくのだろうか。一抹の不安も覚える私たち、「百歳以前」である。

ひとり正月

土井荘平

令和三年元旦記

いつ始めたのか、正確な記憶はない。だがまだ長男が生まれる前、アパートの一室で女房と暮らしていたころ食べた記憶があるので五十何年か続けていることになる。正月二日には関西風の白味噌仕立ての雑煮を食べる。息子や娘たちは毎年正月にはそれを食して育った。

子どもたちが巣立っていってからも、さらに孫たちが生まれてからも、その日には全員が我が家に集まってきて妻がつくるその雑煮を食べるのが慣例になっていた。京都風のものだが妻がアレンジして我が家独特のものになっていて、あぁこれだ、この雑煮だと子供たちは育ったわが家の味に毎年満足し、孫たちもそれに慣れて正月の我が家の雑煮が好物になっていた。

一昨年夏、妻が他界し、私は独り暮らしになった。昨年の正月、やはり子や孫たちは二日に我が家に集まるという。あの雑煮がないと正月らしくないと、娘が朝早く行こうかと言ってきたが、いや、大丈夫だと見得を切ってしまった。自信などまるでないのに言ってしまって、それからが大変だった。なんとなく亡妻がつくるのを見ていた記憶に頼って、大根、にんじん、ごぼう、椎茸、小芋、鶏肉を買ってきて下ごしらえをし、一方で昆布と削り鰹で出しを取り、西京味噌（白味噌）を溶いて、試行錯誤（水を足したり、味噌を足したり、また水を足したり）しながら大鍋いっぱいの味噌汁が出来上がった。子や孫たちが揃うと丸餅を焼きはじめ、その焼けた餅を椀に入れ出来上がった味噌汁を注ぐ。そしてその上から削り鰹を振りかけて出す、という我が家の雑煮が、亡妻の味とはいかずとも、何とか似た味になった。

うまい、うまいと言われ、ホッとして自分が食べるのを忘れた。

令和二年の正月が来た。今年は二日の朝からバタバタしないように、元日の夜につくっておこうと思ってとりかかった。去年の経験が生きて、すらすらと進み、まあまあの味の味噌汁が出来上がった。

そこへ中学以来の友人から電話が入り、おめでとうか、どうかわからないけど、なにはともあれ、九十歳にたどりついたなあと、いつもの長話になって、昔ばなしやら、天下国家やら、を話して電話を切って時計を見ると、二時間しゃべっていた。ふと焦げ臭い匂いに気がついた。いや匂いだけではない。キッチンが白くかすんでいる。あわてて立って行くと大鍋から煙が出ていた。そうだ、すっかり忘れていたのだった。もう少し煮詰めようとガスをトロ火にしたままだったのだ。あわててガスを切り鍋の蓋《ふた》を取ってみると、ムザン、すっかり水気がなくなった具が黒焦げになって鍋にへばりついていた。すべてはパーになった。泣くにも泣けない思いで室内に籠った焦げ臭い空気を追い出すのに躍起になった。密閉されたマンションの部屋からなかなか匂いと煙が去らず、夜中に窓を開け、換気扇を回し、エアコンの暖房を止めて空気清浄にし、寒いやら情けないやら、突然死んだ女房がとてつもなく恋しくなっていた。

翌二日、朝十時、近くのスーパーが開くのを待ちかねて材料を買いそろえた。いろんな便利なものを売っている。豚汁の具、という切って水煮された大根、にんじん、こんにゃく、芋などのパックがあった。それを鶏肉とともに具にすることにし、味噌の売り場では、アマノフーズのフリーズドライの白味噌汁（お湯を注げば味噌汁になるヤツ）を見つけた。それを買い込んで帰り調理を始めた。あっという間に出来上がり、味の不満は味噌を足したり、「だしてんねん」という昆布、カツオなどの混合ダシを添加したりした。

子供や孫たちの満足した顔を見られて安堵《あんど》した昨夜だった。また今年も自分が食べるのを忘れた。九十歳になってもう来年のことは判らない。だが来年はもっとうまくやろうとやる気マンマンで、だがその前に、子や孫に気付かれないようにガス台の下に隠した黒焦げの大鍋を処理しなければならない。正直見るのもイヤだが、やらねばならないと、気が重い正月三日である。これが令和二年の正月のことだった。

そして、令和二年も十二月になった。来る正月、雑煮もつくるつもりでいた。ところが、中旬ごろから、世間の雲行きがおかしくなってきた。ニューコロナである。

収まりかけたかと思えた感染が、また拡大し始めたらしい。年末年始の会食は控えてほしいと、テレビなどで言いはじめた。

しかし、子や孫たち、つまり一家が飲食店などへは行かず我が家で集まるのだから、用意をはじめた。大晦日納品の三段重ねのお節、それに孫の好物で、ふだんはなかなか買い難いいくら、数の子、カニなども大晦日納品で発注した。雑煮と煮しめは昨年同様つくるつもりだったが、それは二十九日か三十日に買い物に行こうと決めた。

だが、小池東京都知事や西村大臣が、里帰りも今年はやめてほしい、などと言いはじめ、不安になってきた。

コロナでは死にたくないが、基礎疾患のある者や高齢者が重症化しやすいという。数年前に誤嚥性肺炎で死線をさまよい、それ以来肺が弱っている九十一歳、かかれば危ないのではないかと心配になってきた。

二十日、息子と娘に連絡を入れた。二人とはラインでチャットのように話せるようにしてあり、こんなトークをした（ラインのトークは横書きで吹き出しつきで書きたいが、そうは行かないので縦書きで書く）。

私「正月、集まるの、やめたほうがいいかなあ？」

娘「でもいろいろ注文しちゃったんでしょ？　時差集合とか」
娘「でもお父さんが怖いなら中止にするのもいいかも」
私「おせちとか、三十一日に配達になるので、夕方にでも取りに来てくれたらいい。カニ、数の子、いくら、とか」
息子「来年、ある程度ワクチンが普及したら、夏のお盆休みの頃に『お正月』として集まるのは？」
私「そうしようか。こわごわ集まってもねえ。どう？」
娘「うん。賛成」
息子「ワクチン、二月から順次接種が始まるみたいだし、夏にはもう落ち着いてると予想。お年玉もちゃんと用意するから」
私「ＯＫ。決定」

かくて正月の食事会は中止とした。大晦日に一番近くに住む娘が、孫の一人と一緒に来て、配達されたもろもろを持って帰った。

令和三年の元日、私は普段通り起きて、テレビで元日恒例の実業団駅伝を見はじめ、朝食をと思って気がついた。何もないのだ。正月はみんなで正月料理を食べるつもりだったところの全てを持って帰らせてしまった。

あるのは、重いしウチにもあるというので持たせなかった、切り餅だけである。餅を焼いて食うかと焼きはじめたが、焼いてどういう風に食べるか。醤油餅では芸がない。黄粉餅が好物だが、正月用としては黄粉を買っていない。

どうしようかとトースターで餅を焼きながら思いついた。やはり正月だから雑煮にしよう。しかし、そのためにだけ味噌汁をつくるのは面倒くさい。

思いついたのは、インスタントのカップ味噌ラーメンに入れることだった。

焼けた餅を三分でできた味噌ラーメンの中に押し込み、ラーメン雑煮だと独り笑いしたが、麺と餅では、美味とは言えなかった。

そこで、下手な一首。下手過ぎて、まんまで、本当に蛇足だが。

子も孫もコロナで来れず独り屠蘇《とそ》焼き餅突っ込みラーメン雑煮

ついでだが、昨年正月の一首。

通販のお節を前に迷い箸亡き妻の味ひたぶる恋し

何年か前までは、料理の得意な妻がお節料理も自分で煮炊きしてつくり重箱に詰めていたのだった。

人事の賽の目

徳岡孝夫

「あなた、支局からよ」

早朝、長い電話コードを引きずって、枕元に妻が立っていた。

とると、高松支局で前夜から当直中のＫ君の声だった。

「徳さん、紫雲丸が沈んだ」

同期のＫ君の上ずった声だった。

「マストの先まで沈んだのか」

「マストの先まで沈んだ」

Ｋ君はオウム返しにこたえた。

えらいこっちゃ、私は寝ぼけ声で、妻に命令した。

「車呼べ」

「自転車ではだめなの」

「あほ。車を呼べ」

高松市西通町の妻の実家の筋向いに、タクシー運転手が初の個人タクシーの免許を取って一台の車で営業しているのを思い出した。

これが妻をどなった最初の一声だった。

個人タクシーは私を乗せて、ほんの一キロほどの高松桟橋へ走った。

周囲に人影はない。駅員のいない改札を駆け抜け、私は高松桟橋に立った。

心ゆくまで晴れた五月空に面した高松桟橋である。桟橋に人影はまったくなかった。

海は凪《な》いでいる。カモメが飛んでいる。それだけの海景だった。

五月の太陽の光が明るく落ちていた。

高松桟橋、海に面した場所に電話をつないだ連絡所がある。駅員の一人が、電話に取り付いて、

「それでですねえ、こうですねえ」

と一生懸命に説明している。

他に新聞記者は一人もいない。記者になってまだ駆け出しの私は、救出された人はいないかと、あたりを駆け回った。

高松港と眼と鼻の先で沈んだ紫雲丸と運命を共にした百六十八人のうち、百人は修学旅行中を含む児童・生徒だった。

沈んでいるのは静かな海だが、船影はまったくない。手を伸ばせば届くところに大量の死がある。入社二年目の私は、地に足がつかなかった。

そのうちに遺体が桟橋に運び上げられた。

生きているそのままのような死にざまや、リュックサックを背負ったそのまま、桟橋のコンクリートの床に横たえられる幼い遺体を見て、私は逆上した。

新聞記者の鉄則で先《ま》ず死者の名前を取材しなければならない。助かった人をつかまえ、「住所、氏名は」と次々に聞いて回った。

当時の高松港は、四国四県の玄関だった。まだ新幹線もない、瀬戸大橋もない、瀬戸内海では戦争時米軍が投じた機雷がまだ浮かんでいる。

そういう現場で、入社二年目の記者がまともな神経で働けるはずがない。私は、

「住所は？」「氏名は？」と繰り返し、遺体の間を走り回った。

後で知ったことだが、Y紙の記者が、私とまったく異なる反応をしたらしい。

救われて陸に上がった人たちが何人も歩いている。また聞きで正確を欠くが、後で聞いた話によると、そのうちの一人がY紙の株主で、

「大変なことがあった。助かったよ」

と話しかけたらしい。

「写真も撮ったよ」

と言うので、

「カメラごと貸してくれ」とY紙の記者は頼んで借り受けたらしい。

私の記憶では、栗林《りつりん》公園の近くの博物館に勤めている人だったという。

借りた写真のフィルムは直ちに現像され、Y紙の本社に電送されて、夕刊の紙面に載ったらしい。

当時の四国には夕刊はなかった。だが夕方頃には大阪発行のY紙の夕刊が手から手へと渡されていった。

Y紙の新聞は、事故の現場の写真、沈みゆく船の上に辛うじて立つセーラー服の女の子が、まるで海の上に立って救いを待っているように写っていた。

記事では語れない断末魔の写真が夕刊一面に、でかでかと載っていた。

凄まじい写真の載った夕刊は飛行機で大阪から運ばれ、ばらまかれたらしい。

こんな写真があったのか。私は絶望した。

写真には記事ではとても抵抗できない。

Y紙の偶然の特ダネ写真である。

やられた私の方は、ひとの持つ夕刊をちらとかいま見て、打ちのめされた。負けました、と頭を一撃されるような打撃だった。

私は、姓名を取材し、悲しい物語を書き、夜も寝ずに奮闘したが、一枚の断末魔の写真には勝てなかった。

高松支局として、これ以上のないビッグニュース。それを完敗した。

頭を垂れて帰り、暗室に入って借りてきた写真を焼き付けし、大阪本社へ電送する間、同僚の記者と、「俺たちの人生は、これで終わったたな」とつぶやき合った。応援の記者が大阪から来ていたが、他紙に抜かれた断末魔の写真に勝つ方法はどうにもみつからなかった。

興奮がやや収まり、「こんな写真を載せるのはどんなものか」という問いもくるようになったが、手に入らなかった写真のミスは取り戻しようもない。

十年に一度、百年に一度、あるかないかの大事件である。それに完敗した。

私と同じほどの若い東大出の同僚は、暗室の中で、頭を抱え、めいめいの不運を黙って抱いていた。

もしあのとき、私が、写真を撮ったよ、というあの人に会っていたら、と悔しかったが、負けたものはどうしようもない。一日遅れてA紙にも、沈没寸前の写真が出た。現場写真を撮れなかったのは我が社だけ。これで一生田舎暮らしかと情けなかった。

昭和三十年五月十一日、死者百六十八名を出した連絡船紫雲丸の事故である。

百人の児童・生徒を抱いたまま瀬戸内海の高松沖に沈んだ紫雲丸。沈みゆく連絡船の写真という凄い特ダネを他社に抜かれて、私は、失望のうちに、何とかして取り返さねば、と決心した。

そのためには、連絡船に衝突して沈めた船をつきとめねばならない。

それは、本州と四国を連絡する貨物航送船と目星はついていたが、捜査は二、三日かかった。

当時、新刑事訴訟法がすでに施行されていたかどうか、私は記憶がないが、旧刑訴法なら、容疑濃厚なものを捕えて、自供を得られれば直ちに収監できる。要するに「たたいた方が勝ち」という旧刑訴法の態度はまだ生きていた。

海難事故は、普通の警察事件ではない。神戸の地方海難審判庁と地検が協力して捜査に当たる。一般の警察では難しすぎるのである。

高松支局から二百メートルほどのところに、当時の高等検察庁・地方検察庁があった。

紫雲丸事件は、地検の検事正の取り扱いとなっていたが、警察もまだ「犯人」の目星をつけかねているらしい。そいつを抜いてやろうと、私は決心した。

当時の高松高検・地検は一棟の建物で、二階建て木造、青い瓦屋根をいただいた新築後間もない建物だった。

私はぐるぐる回って侵入口を探した。

夕方から行って、戸口を一つ一つ押してみたが、カギがかかっている。泥棒になって侵入するほかないと判断した。

つまり紫雲丸を沈めた事件の供述調書を盗もうというわけである。

悪者を捕まえる検察庁へ盗みに入るのだから、かなりヤバい。しかし私が、物品を盗みに入ったのでないことは、捕まえればわかるだろう。

高裁の判事の中には、私の中学校の同級生の叔父さんがいた。「捕まっても、お咎《とが》めなしで釈放してもらえるだろう」と甘い判断をして、夜になってから、もう一度検察庁の周りをぐるぐる回って、侵入口を探した。

検察庁周辺の暗闇を何度も回ってドアを押したり引いたりしたが、しっかり鍵がかかっている。

検察事務官が夜勤しているらしい部屋に明かりがある。

表の出入り口の横の部屋に電気が点《つ》いている。鍵のかけ忘れた出入り口は一つもなかった。

私は一階の便所の半開きになっている窓から、地検の中に滑り込んだ。

小さい窓で苦労したが、どうにか入れた。そのとき、コツコツと音がして、歩いてくる足音がした。捕まったらそれまでと、身を固くしていると、事務官らしい人はトイレを通り過ぎ、事務室へ行った。しばらくしてコツコツと帰ってきた。トイレには来なかった。その間、私は事務官の執務していた部屋に忍び込み、あたりのものを一《いち》瞥《べつ》した。

机の上に大きい謄写版の箱があり、その上に細かくちぎった紙がきれいに復元されていた。

「犯人の自供か」と思ったが、細かくちぎってあったので簡単には読めない。

ただ「私はこれから収監されます」「これまでの不孝をお許し下さい」、その他の手書きの文字がかろうじて読めた。

これは紫雲丸を沈めた船の船長が書いたのに違いない、と私は確信した。

そのとき、靴音は部屋に戻ってきた。

「見たな」

彼は厳しい顔で私をにらみ、両手で紙片をぐちゃぐちゃにした。

私は、名刺を出して、もの盗りの犯人ではないことを知らせ、内側からカギを開けて検察庁を出た。

私が犯人の自供と犯人が親にあてた手紙を読んだのは間違いない。

走って帰り、「取れた」と大声で叫びながら、支局へ入った。

自分の取材が終わって、打ち合わせしていた同僚たちは、私を見た。

私は息せき切って、これまでの経緯を打ち明けた。

先輩記者はみな驚くかと思ったが、そう簡単にはいかなかった。

大阪本社社会部から来ている応援記者が、

「その紙には、署名があったのか」

「書いた紙をちぎったのは、供述をひるがえした証拠ではないか」

と私の予期に反して、詰問するような口調だった。そう言われれば、返す言葉がない。私の「トクダネ」は、同僚の記者によって打ちのめされた。

翌日の朝、検事正が捜査状況を語ったが、紫雲丸を沈めた船の船長が有罪であるかどうかまでは言わなかった。

結局私の決死の取材は実らずじまいだった。

瀬戸内海に沈みゆく連絡船、その手すりにしがみつく学童たちの写真を抜かれた。

私は失敗をとりかえすべく検察庁に忍び込んだのはいいが、「こんなの役に立たない」と却下され、暗い気持ちで、新聞記者としての最初の大試練を終了した。

当時の新聞社は、今日では想像もできない序列的階級的な社内制度で、私のような地方記者は、どうもがいても希望はなかった。

情報産業も、官僚主義的「中央」の人脈に通じた老練記者でないと出世できない仕組みになっていた。

ところが、である。紫雲丸事件から二か月ほど経った某日、支局長が、

「大阪本社へ行って、訓練を受けてこい」と私に命令した。

今思えば、支局の中で若くてもっとも使いやすかったのであろう。

それを知らない私は、父の家へ一か月泊まって、勇んで大阪本社へ通い、先輩記者から、地方版編集のコツを教わった。

そして、某日、地方部長から、「ちょっと来い」と、呼び出しがあり、部長の後について社会部のデスクまで行くと、

「はい、約束の男だよ」

と、部長同士の短い会話があって、私の身柄は、社会部の部員になった。

鳩が豆鉄砲食ったような転勤劇だった。そこで、現在不遇をかこつ後輩諸君に言いたい。ジャーナリストの転勤なんて大雑把《おおざっぱ》なものである。適材適所など守られていない。手当たり次第に人間を動かし、うまくいけば「人使いがうまい」ということになる。それが適材適所の大部分の実情である。

断言するが、これは、今日も変わっていない、と思う。

社内ポストなんて、どう転ぶか、わかったもんじゃない。安心して、カウンターのグラスに手を伸ばせ。それが、老いたる者からの助言である。

その一例をあげておく。四国高松の支局に勤務していたとき、国民体育大会（国

体）に、戦後初めて沖縄選手団が参加することになって、途中、四国へ寄った。

「おい、桟橋に行って取材して来い」

と支局のデスクは、私に命じた。

表の自転車置き場に出ようとする私の背を追いかけるように、デスクは言った。

「おまえ、英語はできるんやろ」

びっくりした私は、デスクに、「沖縄の人は、日本語を話しますよ」と言おうとしたが、あえて言葉をのみ込んで、自転車に乗り、桟橋に向かった。

転勤、転属なんて、大体こういう程度のものである。

K女との電話

土井荘平

令和三年一月十九日記

去年の秋だったと思う。夏ごろから毎日のように、日によっては一日に二度三度電話があって、いつも同じような話をしているので、正確な日にちは分からないんだが。

K子さん、淋しいって、今日は老健のデイサービスに行ってきたんじゃないの？楽しくなかったの、今日は？

いつもデイはいろんな人と話ができて楽しいって言ってたじゃない。

デイから家に帰ってきたら、独りぼっちで急に淋しさがこみ上げてきたって？

あのねえ、そんなの、当たり前じゃない。宴の後の淋しさ、じゃないの。

そんなの、子供の頃から、誰でもみな経験してることじゃないの。運動会が終わって帰ってきた時に感じたものと一緒じゃないの。

ほかの人は帰れば家族がいるけど私は独りぼっちって？

それは違うんじゃない。他所《よそ》の花は赤い、だよ。

いやだなあ。息子の嫁に気を使って暮らす家へ帰らないといけないのか。そう思ってる人が多いのは、前にあなたが言ってたじゃない。そうでしょう。あなただって、娘と一緒に住んでも、娘の旦那と何の気兼ねもなしに暮らせるなんて思えないでしょう。独りで住んで時々会う方がいいって言ってたじゃないの。

時々も会えないって？　あんな可愛くて懐いていた孫が電話一本してこないって。

あなたねえ、あなたが学生の頃、小さいときに可愛がってもらったお祖父ちゃんお祖母ちゃんに、しょっちゅう連絡してた？　してなかったでしょう。孫たちも大きくなって、受験勉強やら何やら、忙しいのよ。当たり前じゃないの。高校生にもなって、お祖母ちゃんにしょっちゅう連絡してくる子だったら、そのほうが心配だよ。そうでしょう。そうして一人前になって行くんじゃない。

人間って、つまらないものねえって？

えぇっ？　娘さんまで冷たいって？

ああ、この間言ってたねえ。電話しても、お母さん、何か御用、って言われた。用事がないと電話しちゃあいけないの、って怒ってたねえ。あの時ボク、言ったじゃないの。それであなたも納得したじゃない。今彼女がこのコロナの状況下で、医者としてどんなに忙しいか。そうでしょう。その上彼女は子育てもしてるんだよ。

一生懸命育ててきたのに。人間ってつまらないわねえって？　その考え、おかしいよ。子に対する愛って無償のものでしょう。対価を求めて育てたんじゃないでしょう。そういう風に思うなら、鳥の方がよっぽど純粋じゃない。一生懸命餌を運んで育てた雛たちは、ある日巣立って行ってしまって多分二度と会わないんだよ。

あなたねえ、つまらない一生だった、なんて、どうして思うのよ。死んだ友人の妹で昔から知ってるあなたのことは、素晴らしい人だって尊敬してきたよ。離婚して、女手一つで娘を育て、医大まで出して医者に育て上げたんじゃない。素晴らしいことを、あなたは成し遂げて、一戸建ての家まで建てたんじゃない。たいへんな苦労だったと思うよ。あなたはそれを成し遂げたんじゃない。人に誇り得る人生だったじゃない。なにがつまらない人生よ。女として凄いことをし遂げたんじゃないか。自慢できる半生だったと、自分でも思うでしょ。

でも、それをやってしまった今が虚しいって。それは、オリンピックで金メダルを取った後の選手の虚脱感みたいなものだよね。

だけどね、あなた、ちょっと別の方から今の自分を考えてごらん。今のあなたは、年金が入り、娘からの小遣いの仕送りもある。家は自分のもので家賃を払う必要もない。つまり経済的なストレスは何もない。人生でそんな時ってほかにあった？　ないでしょう。つまり人生で一番気楽な時だと思わない？　しかもまだ足腰に衰えはない。杖も突かずにどんどん歩ける。なんでもできるじゃないの。もうすぐ杖なしには歩けなくなるかもしれないじゃない。今があなたにとって、人生で一番いい時なんだよ。そうでしょう。そんないい時にグジュグジュ変なことばかり考えてるって損じゃない。

兄さんは才能があって文章が書けるからいいわねえ。私には何もないから、って。それは違う。ボクは才能があるから書いているのじゃない。才能なんかないよ。ただ書きたいから、書こうと思うから、書いているだけだよ。何だっていいんだよ。何か始めなさいよ。山歩きだって好きだったじゃない。旅行だって行けるじゃない。テレビのドラマを楽しむのだっていいよ。あっ、あなた、この前、俳句をやってたことがあるから、またはじめてみようって、言ってたじゃない。やってないの？　テレビで俳句の番組、見はじめたって言ってたよねえ。

　投稿してみたけど全然入選しないって？ああ、そういう入り方か？　ボクはあなたの句を見たこともないし、また見ても、評価する力はないから、何とも言えないんだけど、ボクが勧めたのは、カルチャーセンターかどこかの俳句講座に入ることから始めてみたらって言ったと思うんだけど。あなたって、人とお話ししたりするのは嫌いじゃないじゃない。俳句講座へ行ったら、そこでもお友達ができると思うんだけど。

　ボクの知人で、八十歳の暇つぶしで講座へ通い始めたんだが、今は俳句三昧の毎日だよ、って言ってるヤツがいるよ。

　基礎から教えてもらって、つくってみた句は添削してくれるし、面白くなってきて、受講者で句集をつくったりして、もう俳句抜きの生活なんて考えられなくなった。そう言ってるよ。

ボクも行きたいと思うよ、俳句か短歌の教室へ。だけど、ボクは、やりたいことがいっぱいあって、時間が足りなくて行けないけどね。

たしかにボクは今も俳句や短歌を詠んでいる。だけどね、それはね、ちょっと意味が違うんだよ。俳句をやりたい、短歌を詠みたい、が先にあるんじゃなくて、表現の手段としてつくってるんだよ。

たとえば、最近某文芸誌の短歌欄に入選したものだけど、こんなのがある。

九十歳球根植ゑて来春にその花愛でる願ひ込め居り

ボクは知ってる通り、小庭で花づくりもやってる。四季亡妻に供える花をウチの庭でまかなおうと思ってね。結構たいへんだよ。供花を切らさないように次々咲かすのは。それだって、こんな夢も込めてやってるんだよ。そしてその想いを詠んだんだよ。

あっ、またその話？　デイケアで知り合った人に、あなた、淋しくないって聞いてみたら、みな淋しいって言う。荘平兄さんは九十になっての独り暮らしで、淋しくないんですか。虚しいって思うことないんですか、っていう話。

あのねえ、淋しい、虚しいことなんかないなんて言ったこと、ないでしょう。一つだけ言うとね、妻が死んで二年半経つ。だけど毎朝目覚めるたびに、一瞬、妻を探している自分に気がつくんだよ。ああ、そうだった、と思うんだよ。

しかしね、人間、淋しくない人なんかいるわけないじゃない。人間って、有限なんだから、老い先短くなって、まもなく独りで死なねばならない。人間であるかぎり、人生を考える脳になったときから、すべての人間はその淋しさ、虚しさを経験してきたんだよ。いくら考えてもいい答えなんかないに決まってることを、あなた、考えたって仕方ないじゃない。

ボクはそう思う。だから、そんなことを考える暇がないように、次々とやりたいことをやってるんだよ。

あなたも今晩ベッドに入って、ヘンなこと考えそうになったら、明日は何をしようと考えなさいよ。しなきゃならないことじゃなくて、したいことを考えるんだよ。あれもしたい、これもしたい、いっぱいあるでしょう。そして朝起きたら、それを始めてみなさいよ。

そうしてたら、ボクみたいに時間が足りなくなるよ。

どう、少し落ち着いた？　じゃあ、おやすみなさい。

年末だったか、友人との電話で、

「あの人からの長電話、まだ続いて掛かってきてるのかい？」

「うん、相変わらずだよ」

「三日に一回くらい？　前、そう聞いたけど」

「いや、烈《はげ》しくなって、ほぼ毎日だよ。ひどいときは、一日に二回も掛かってきたりして、夜、二回目の時は、あなた、昼も掛けてきたじゃないって、言うこともあってねえ。なんか、電話が鳴ると、イヤになっちゃうよ」

「出なきゃあ、いいじゃない。留守電にしといたら。この頃、いつも留守電にしとくっていう人も多いんだよ。ヘンな詐欺の電話もあるから」

「ああ、そうしてたこともあったんだけど、そうしたら、留守電に、電話ほしいって、入ってるだろう。そしたら、こっちから電話しなきゃあならなくなって、かえってバカバカしいことになっちゃうしねえ」

「ほっとけばいいじゃない。その人だと分かってるんだから」

「そうなんだけど、たいへんなことがあったとか、困ったことが起きたとか言われると、ほっておけない気がするじゃない。でも、結局はおんなじ話なんだよ。淋しいとか、胸がはりさけそうだとか」

「まるでストーカーじゃないか」

「うん、だからね、この間、言ったんだよ。ボクはカウンセラーでもないし、医者でもないから、違ったことなんて言えないよ。電話くれるたび、ボクは同じことを言ってるでしょう。考え方を変えなさいって。ボクにダイヤルしようと思ったら、一拍置いて、考えたら。ボクがいつも言ってることを。そしたら落ち着くんじゃないの、って言ったりしてるんだけどねえ」

「そんな曖昧《あいまい》なこと、言わないで、迷惑って言ったら」

「うん、娘さんからは、小父さん、電話取らなくていいですよ、って言われたこともあるんだけど、死んだ親友の妹だし、昔ウチの娘が何かと世話になったこともあったしねえ、きついことも言えなくて」

「でも、何か月も続いてるんだろう」

「はじめは、淋しくてどうかなりそう、なんて言ってきたから、何かあったらいけないと思って、相談に乗って考えて、必死で説得してたんだけど、この頃はもうイヤになっててね」

「分かった。何か始めたらって言っても、やらないんでしょう。それはね、きっと、キミとの電話が癒《いや》しになってるからだよ。何かをすることより、キミに電話して、話して、キミの話を聞いたら気がすむんだよ。だからキミと電話で会話しないと落ち着かなくなってるんだよ。キミとの電話がきっと薬になってるんだよ、その人の。睡眠薬じゃないの。やりたい最高の趣味になってるんじゃないの、俳句よりも、読書よりも」

「そうかなあ」

「こんなこと言ったら悪いけど、ひょっとして何か病気の入口じゃないの。依存症ってあるでしょう。キミとの電話の依存症になってるんじゃない。医者じゃないから分からんけど」

「病気ねえ。依存症はともかく、被害妄想みたいなものがあるような気はするねえ。誰かさんが私の悪口を娘に告げ口してて、だから娘が私につっけんどんだ、なんてことを言うから、それは思い違いだよ、と言っても、聞かない。他人の悪口で、娘さんがそれを信じてあなたに素っ気なくする、なんてありえないよ、と言っても、いや間違いない。そのせいで娘は連絡もしてこないし、こちらから電話しても、忙しいからと言って、話も聞いてくれない、って言うんだよ。娘は親の私のことをもうどうでもいいって思ってるのよ。それが証拠に、亭主の実家へは行って二泊もしてきたのに、うちへは来ない。この前来た時も、亭主といっしょで日帰りでそそくさ帰ってしまったって言うから、それは違うだろって言ったんだよ。亭主の実家へも行かなくてはいけないじゃないの、それも地方なんだから二泊は最低限じゃない、と言うと、いやきっと、亭主に吹き込まれて亭主寄りになっちゃって、私のことなんかどうでもよくなってるんだって言うんだよ」

「一種の被害妄想かねえ、自分の娘を疑うなんてね」

「だからね、ボクは言ったんだよ。あなたねえ、今デイケアに行ってるでしょう。それ誰が手続きしたのよ。あなた、自分で市役所かどこかへ行って手続きした？　してないでしょう。誰かが申請して要介護の認定取って、デイケアの事業所に申し込まなければ行けないんだよ。誰がしたのよ。娘さんに決まってるじゃない。あなたが淋しい、淋しいって言うから、娘さんが忙しい中を縫って手続きして、デイケアの事業所も探して契約したんじゃない。それ以外に考えられないじゃない。そう言ったら、それはそうだけど、って納得してたけど」

「要介護、よく取れたねえ」

「うん、それも、娘さんと話す機会がないからよく分からないけど、ボクはそっちの病気の入口と関係あると思うんだ」

「老人性うつ、かな？」

「うん、忙しい娘さんが迎えに来て、物忘れ外来へ一緒に行ったことを聞いたんだよ。多分、そちらで要介護が取れたんだと思う」

「あり得るだろうねえ」

「どっこも悪くないって医者に言われたって言って、それを親の私をボケ扱いして病院へ連れて行ったりしてって怒ってるわけよ。それで、どこも悪くないのに薬をもらってきて、何の必要があるか分からないから呑まずにいたら、怒るんだよ。彼女がそう言ったから、ハハン、そうか。そういう病気は患者には言わないものなのか、あるいは娘さんが口止めしたのかもしれないなって思ったから、いや、薬は呑まなきゃあダメだよ、せっかく出してくれたんだから。兄さん、私、ボケてます？　いや、ボケを治す薬はまだないんだよ。だけど、ボケになるのを遅らせる薬はできたんだよ。きっと、それだよ。人間は老いたらボケる。しょうがないんだよ、だけど、ちょっとでも遅らせないと、と娘さんは医者だから、その辺分かってるから、あなたがボケるのを防ぎたいから、あなたのこと心配してるんじゃない、って言って納得させたんだけど」

「そんな兆候はあった？」

「あった、あった。物忘れは結構ひどかった。ずうっと昔のことは詳しく覚えているんだけど、つい先日ボクが言ったことをすっかり忘れてるなんてこと、あったねえ。

ただし、物忘れって、お互いさまじゃない。こちらだって結構この頃物忘れ、ひどいからねえ」

ある日、ふと気がついた。もう十日ぐらい彼女から電話が掛かってきていないのだった。

電話が来てないと気付くと、ちょっと心配になった。どうしたのだろう。

何か面白いことを見つけて始めたのかな。それならいいのだけど。

何日か過ぎたが、やはり電話はない。せいせいしたと思ったのに、なぜか気になった。いや気になったというより、何か物足りないのだ。またか、またかと思いながら、実は習慣になっていたのかもしれない。

電話をしてみた。誰も出ない。

また何日か経って、電話した。夜なのに、といってまだ寝るはずはない時間なのに出ない。時間を置いてまた掛けた。やはり出ない。呼び出し音が鳴り続くばかり。

どうかしたのかな、病気で入院とか。

私は、思い出して、娘さんにショートメッセージを入れた。前に一度彼女とメッセージのやり取りをしたことがあったのだった。

お母さん、家にいないようだけど、どうかしたのか？

娘さんから、メッセージが返ってきた。

連絡がすっかり遅くなってすみません。お試しショートステイから、無事そのまま入所に切り替えることができました。

長いことご迷惑おかけしました。ご心配ありがとうございます。

週明けから一際寒くなりそうです。小父さんもご自愛くださいね。

そうだったのか。安心した、と思いながら、ふと淋しい気持ちが流れた。

入所したといっても、本人から電話の一本もないというのは、どういうことなのか。する気があれば公衆電話からでもできるのではないか。あれだけ毎日毎日電話してきた人なのに。

入所というのが少し気になった。他人事ではない。明日は我が身なのだ。

なぜ急に入所ということになったのだろうか。ひょっとしたら徘徊《はいかい》でもして迷子にでもなったんじゃないか。道に迷う、私、方向オンチだから、などとよく言っていた。

以前からサ高住（サービスつき高齢者向け住宅）へ入ろうかしらと言っていた。地方にいる鰥夫《やもめ》になった弟がそういうところに入っていて、毎日が楽しいと聞いていたからである。

（サ高住は介護施設ではなく高齢者向けの賃貸住宅で、安否確認、生活相談などのサービスつきで、部屋のキッチンで自炊もできるが、食堂で用意される食事をすることもできる。入居者同士おしゃべりしたりテレビを視《み》たりできるスペースもある。彼女の弟は将棋に凝っているらしいと言っていた。）

しかし、お試しショートステイからの入所となると、介護が主の老健ではないか、と思ったのだった。サ高住を併設する老健もあるらしいから何とも言えないが。

気にはなったが、そっとしておこう。私はそう思った。

それからまた日が過ぎたが、何の音信もない。彼女が私への電話など忘れるほど楽しんで毎日を過ごしていることを願いながらも、どこかに、このままの別離かも、という想いも浮かんでいた。

セカンドキャリア

徳岡孝夫

見渡す限りのジャングルの夜、何が起こるかは経験ある人でないと分からない。聞いたこともない吠え声がジャングルの中から聞こえてくる。豹の唸《うな》り声、何か分からない動物の叫び、何ものとも知れない唸り声。それを一言でいえば、恐ろしい夜、というほかない。

ホラー映画の物語をしようというのではない。そんな話は、ちょっと夜更かしでもしてテレビを見ればいくらでも出てくる。

私のは実話、それも一九六七年、雨季の東北タイで経験した実話である。

私はタイ国内航空の小型旅客機でバンコクからはるかに遠い東北タイの田舎まで取材に出掛けた。

サコンナコンという街の郊外の空港に着き、数人の乗客は皆迎えの車で街へ向かったらしい。私はジャングルの中に独りで取り残された。

バンコクから国内便で二時間ほど、共産主義者鎮圧作戦本部でもらった紹介状以外には、何も持たない私は、小型タイプライターと小さいバッグを空港の土を固めたままの床の上に置いて、これからどうしようかと思案に余った。

旅客機は次の行先へ向かって飛び立った。

日が傾くジャングルの中で、私を迎えてくれる者は一人もいない。途方に暮れた。

その時、一台の小型車が来て、地上に投げ出された郵便物らしい袋を取り上げ、街へ向かって走り去ろうとした。

私は、大声をあげて、「街まで乗せてくれ」と英語で叫んだ。

眼に入るあたりには一軒の家もない。こんなところに残されたら、ジャングルの中でどんな動物に食い殺されるかしれない。

バンコクでもらった紹介状など動物の世界では何の役にもたたないことは分かっている。

郵袋《ゆうたい》らしい袋を取りあげた男は、こちらを見た。アメリカ人らしい。

「街までか？　オーケー。乗れ」

と、心安く引き受けてくれた。

私は走ってクルマに乗った。

「私は新聞記者だ。取材で来たが、泊まるアテもない。ともかく街まで、できればホテルまで連れて行ってくれ」

「オーケー」

　車をスタートさせようとしている男は快く引き受けてくれた。

「東北タイのゲリラ活動を取材に来たんだ。今夜はホテルに泊まるつもりだが、どこか知らないか」

「君は日本人か。今夜の宿を探しているなら、僕のところへ泊まれよ。僕は日本語を習ったことがあるんだ」

　それから、「君は東北タイの取材に来たのか。僕はこの街で、東北タイ弁で流す放送局をつくったところだ。ベッドが空いている。泊まるところなら心配することない。僕のところに泊まれよ」と繰り返した。

私は、地獄で仏に会ったような気がした。

英語が通じて、車に乗せてくれて、悪意を抱くひとではないようである。今夜はこの人に泊めてもらおう。私は、とっさに行動を決めた。

それから街までお互いに自己紹介し合った。彼も私もともに三十代後半、彼はハーバード、私の留学先は、ニューヨーク州中部のシラキュース、距離的に近い。オルバニー経由、ハーバードまで電車を乗り継いで文書館へ資料を調べに行ったことがある。

彼はロビン・ベリントンという名であった。

市街地から少し離れた、タイ風の平屋に、彼は住んでいた。

夕食をご馳走になって、二人で、家の前に椅子を出して涼んでいると、左側からアメリカ人らしい男が二人、ラフな服装で歩いてくるのが見えた。

ロビンは言った。

「君に紹介したいが、あの男たちはＣＩＡだから、禁じられてるんだよ」

私は、それならそれでよし、と別に咎めなかったが、一段とロビンを信用する気持ちになった。

小ざっぱりした、だが日本と違って、家具の少ない家だった。そこで夜遅くまで、彼に東北タイの情勢を教えてもらった。

一々取材するより、ずっと手間が省《はぶ》けた。ベトナムはまだ戦争の真っ最中で、勝敗は明らかではない。北方の中国は文化大革命で揺れている。アメリカはソ連包囲を第一命題とする。ヨーロッパのＮＡＴＯ（北大西洋条約機構）、イランを中心とした中東諸国のＣＥＮＴＯ（中央条約機構）、東南アジアのＡＳＥＡＮ（東南アジア諸国連合）と、日本の自衛隊をつないだ包囲網を確立し、ソ連と対峙していた。東西冷戦の真っ最中である。

東南アジアにおけるアメリカ側の中心であるタイは、米国の甚《はなは》だ頼りない友軍で、軍事政権が財政と軍事を握り、完全に腐敗した政府を押しのけて、力にものを言わせ、一応国内を治めている。少し危ないが、国王のカリスマで治めて無事にすごしている。そんな状態だった。

しかし、ベトナムの情勢に刺激された左翼ゲリラが東北タイの各地に出没するなど、民情は必ずしも安泰と言えなかった。

仏教国タイは、西へ向かう象の頭のような国土の形をしている。象の鼻は南のほうはマレー半島のシンゴラ（ソンクラー）まで長く伸び、西へ広がる象の大きな耳は中部タイの大平原、北方にだけ少し山があるが、全体としてみると、メコン・メナムの水源による農業国とも言えた。

東北タイは、バンコクに比べると田舎で、住民の多くはバンコクへの出稼ぎで食っていた。

話す言葉も、東北タイ弁はバンコクの標準タイ語とはかなり違っていて、私には分からないが、タイ人なら一度聞けば必ずわかるという程度の地方差があった。私が家族を呼び寄せたバンコクの家の女中は東北タイ人だった。

バンコク特派員として日が浅く、標準タイ語さえロクにしゃべれぬ私にとって、東北タイ弁はちんぷんかんぷんだった。ロビンが東北タイ弁を使う放送局をつくる価値は、その言葉の違いにあった。標準タイ語を浸透させるのが、タイ政府の狙いであり、ロビンの働く東北タイ弁と標準タイ語併用の放送局は、その国策の一翼を担う形になっていた。

東北タイの実情取材は翌日のことにして、一風呂浴びた私は、風通しのいいロビン宅で、ロビーのオープンデッキでアメリカ音楽を聴き、東北タイの情勢、ハーバード＝シラキュース時代の回想やケネディ大統領の選挙運動の思い出など、尽きぬ話で盛り上がった。

翌日から、バンコクでもらった紹介状を持って、私はタイ警察やゲリラ鎮圧本部を回った。

東北タイ弁は、標準語とは数字の発音も違うので、タクシーに乗るのも一苦労だった。

どこの町だったか忘れたが、鎮圧隊の司令官は、夜まで質問攻めにした私が帰ろうとすると、表情を改め、私に質問した。

「オマエ、今夜、オンナ、いるか」

大阪府警でサツ廻り十年の経験の私だが、警察官から、または地方官から、その種の質問を受けたのははじめてである。

会話というより、尋問に答える口調で、私は、

「今夜はいらない。ゆっくり眠らせてくれ」

と答え、司令官は私を放免した。

おかげで、タイ東北部の支配がどの程度のものであるか、一端をのぞいたような気がした。

泊まった中国人向けの宿は、お湯も出ない共同の洗面所で、中国人の大きなウガイの声のする宿だった。


東北タイの二、三の都市をめぐって、私の取材は終わった。

バンコクへ帰って、私は、毎週土曜日の外国人記者クラブの会合に出た。ロイター通信はインド人、ＵＰＩ通信はミャンマー人、ＡＮＳＡ通信はインドネシア人、多彩な顔触れだったが、米バンコク大使館の情報文化局の責任者も同席させていた。サマセット・モームゆかりのオリエンタル・ホテルの一室を、外国人記者が自由に使える約束になっていた。

その席で、私はその責任者に、ロビンのことを、「あんな日本通をタイの田舎に置いておくのは人材の浪費、アメリカ政府は何をしているんだ」と質問した。

一週間後、ロビンは驚いたことに、東北タイ弁放送局設立の仕事を終えて、タイ語標準語放送の仕事でバンコク勤務に転勤になった。

それから間もなく、ロビンはワシントンへ転勤になり、もっと驚いたことに、福岡のアメリカ文化センターの館長になって赴任してきた。驚く間もなくロビンは東京アメリカ文化センターの館長となって、東京へやってきた。私の指摘が、彼の昇進に役立ったかどうかは知らないが、人事の素早さにはちょっと驚いた。

ロビンの付き合いの良さもあり、新聞記者との交友は広くなり、彼は水を得た魚のように活動した。

私はアメリカ文化センターで新刊の本を借りるときに便宜を図ってもらえるようになったので、大いにロビンを重宝した。こうして交流は深まった。

やがて彼は、惜しまれつつワシントンに帰った。

ロビンから長い手紙が来た。彼の後半の人生の始まりについて書いていた。

長年の情報官暮らしから足を洗い、ワシントン動物園のボア（大蛇）の飼育係をしているという知らせだった。

それまで蛇のことなど、彼と話したこともなく、私にとっては、「ああ、そうか」と思うだけで、彼とはその後あまり付き合いのないまま過ごした。

ところが、一年ほど経って、

「ボアにやられかけた」

という手紙が来た。驚いて見ると、ボアの世話をしている最中に、巻かれ、振りほどくのに長い時間がかかったという。

彼はその大蛇を殺しもせず、辛抱強く振りほどいて無事だったと書いてあったのだった。

私は自分のことを思い出した。

私は家族をバンコクへ呼び、二人の息子はバンコク日本人学校と幼稚園へ入った。

帰国するとき、日本の学校に転入学するに当たって、いじめにやられては困ると思い、私は長男とその学友を一人、バンコクの動物園に連れて行き、大蛇を首に巻いて写真を撮らせた。

長男の記憶によると、その写真を見て、日本の学友は皆腰が引けた。いじめられることもなかった。

ボアというのは普通の蛇と違って、獲物に巻きついて締め上げて殺し、食うという獰猛《どうもう》な動物で、蛇使いでなければ扱えないシロモノであった。

ロビンは、そういう大蛇に巻きつかれ、何時間もかけて振りほどいたというのである。

私はバンコクで東北タイの治安状態を警戒するだけでなく大蛇の扱いにも通じている専門家を知己に得たことに驚き、また何かの役に立つだろうと微笑んだ。

私は、サラリーマンの定年以後について考えさせられた。

ロビンが、もしボアを扱う技術を身に付けていなかったら、東南アジア専門の評論家になるぐらいが、かれの後半の人生の関の山であろう。だがロビンは、ボアの飼育という特技を持っていた。アメリカでは、そういう特技を活用する社会のシステムが存在するのだ。

「百歳以前」には、彼のように第二の技術を持つことが大事なのではないか。

私は、人生設計に一つのヒントを得たような気がした。

一方ロビンからは数年ほど何の連絡もない。私は密かに、「ボアにやられたのでは」と危惧しながら、彼からの次の手紙を待っている。

私がニューヨーク北部にフルブライト留学していたとき、外国人留学生担当教員の部屋で、タイプライターを打っているオバサンがいた。

同僚と電話で話をしているうちに、彼女がふと「これが私の小さいキャリアなのよ」と、ぼやくのを聞いた。なるほどアメリカ人の言うキャリアとは、こういうものから始まるのかと、納得したことがある。

当時、一九六〇年代のアメリカでは、一般の女性の多くは夫の給料で食って、専業主婦として生活していた。それと違ってオバサンは大学の中でタイピストの職を得ていたのだった。

ロビンには、自分が磨いてきた爬虫類との交わり、たとえ巻きつかれても振りほどくほどの技術がある。これは、人生にとって大きな武器だと痛感せずにはおられない。

今日の日本では、キャリアというと、経歴をさす場合によく使用されているが、本来、生活手段、（生涯の、または専門的な）職業、という風に使用されることばである。かつて日本でキャリアウーマンという言葉が流行《はや》ったが、それはこの職業という意味を形容詞的に使った職業婦人のことだった。

このタイピストのオバサンの言ったキャリア、とはセカンドキャリア、つまり、当時の日本で言えば主婦の内職という意味だった。

昨年来、コロナの流行がはじまってから、「テレワーク」といわれる在宅勤務が増え、工場はともかく大都会のオフィスでは何割かの職員が出勤してくるだけになっている。

それで業務が支障なく進むとすれば、コロナ終息後も、在宅勤務のシステムは定着するのではないか。

さらに、最近以前の会社とまったく違ってきたのは、会社が社員に副業を認めるようになってきたことである。かつては副業をすることなど、口には出せないことだった。在宅勤務が増えたり、副業が認められたり、こんな働き方になってくると、セカンドキャリアをつくるのにはたいへん好都合である。

在宅勤務の余剰時間を利用して、副業をはじめたり、別の勉強をしたりして、この人生百年時代、定年後の「百歳以前」の生活設計をすべきであろう。その場合、自分の好きなこと、やりたいことをはじめれば、結構長い定年後を楽しく生きられるのではないか。

ハーレム・ノクターン

土井荘平

令和二年六月某日記

初七日の妻の法要済みし夜子や孫帰り遺骨と二人

妻の死から二年経ったが状況は変わらない。先祖以来の墓が現住の神奈川の小都市から遠く離れた関西にあるため、納骨はせず、九十歳の私はマンションの一階で妻の遺骨と暮らしている。

そんな私をもっとも足しげく訪ねてくるのは、四羽の雀一家（？）である。朝食のフランスパンの屑をベランダに撒いてやったのが最初だった。毎日朝早くからやってきて、ベランダの手すりに置いた餌台のあたりでほぼ一日中飛び回っている。

ベランダ下で生まれた野良猫が、時々やって来る。食べ物の欲しい時は、網戸の前に座って私が気付くのを待っている。しばしばベランダでまるで里帰りしたように寝そべって昼寝をしている。

十坪ほどの庭がついていて、そこで私は妻への供花のために四季の花を咲かせている。

今、日日草《にちにちそう》やポーチュラカの向こう、群生するアイリスが、目の覚めるような紫色の花を次々と落として終わった。多分アヤメであろうがカキツバタかもしれない。洋名ではどちらもアイリスである。その横に今まさに開花しかかっているのは、珍しいピンクの大輪のカサブランカである。

ピンクといえば、白衣ならぬピンクの制服の訪問看護師が、週一回体調チェックに来てくれる。掃除などの生活介助に来てくれる介護ヘルパーさんの来宅も週一回である。

さらに月に一回来てもらっている訪問診療の若い女医さんとナース。また翌月の介護スケジュールの打ち合わせに毎月来てくれるケアマネージャーも女性である。

しかも彼女たちはもう何年も前からツキアイのある方々で、というのは、妻の介護を自宅で私ひとりでやっていたのだが、そのときに来てくれていた女性たちで、特に自宅で妻を看取るまでの半年ほどは、毎日何人もの介護ヘルパー、訪問看護師らが交代で来て助けてくれた。その女性たちのうちの何人かが引き続いて私の面倒をみてくれていて、私にとっては昨日今日知ったのではない気安さもあって有難い日々である。

　彼女たちは仕事で来るのだが、彼女たちの優しさは鰥夫《やもめ》暮らしの私の胸を熱くさせる。そして彼女らは仕事を終えた後、ほんの五分か十分だが、世間話の相手をしてくれる。その他愛ないおしゃべりは私に若さを注入してくれているかもしれない。

　また週一回は送迎バスで老健（介護老人保健施設）のデイサービスに行って、そこでも若い女性の介護士たちの世話になって一日を過ごすのだが、そのひとりに、家ではこんな状態だよ、と言うと、彼女は、「ハーレム状態じゃん！」。

　私はひそかに彼女たちをマドンナと呼んでいる。「クラスのマドンナ」などと言うマドンナではなく、岩崎宏美の歌う「聖母《マドンナ》たちのララバイ」の聖母である。

週一の別れる一瞬グータッチ介護聖女のくるる温もり

　これは某誌入選短歌の改訂作だが、選者の歌人（女性）は、こんな短評をつけてくれた。

「ささやかな、しかしすてきな交流。『週一』『一瞬』『グータッチ』など、言葉の選択が若々しいですね」

こんなルーティンの暮らしが、一日でも長く続いてほしいと願っている。

とは言っても、「九十歳」の現実は、そんな甘い話ばかりではない。昼もよく居眠りをする。就寝するにはまだ早すぎる夜も、テレビのドラマを見ていたはずが、夢の世界に入っていることがある。

そこでは、なぜか老いた自分とまだ若く潑剌《はつらつ》とした妻がいっしょに住んでいて、息子、娘がまだ子供でいて、もう成人した孫たちも子供でいて、みんなが一つ屋根の下に住んで暮らしているという、ありえない状況を不思議とも思わない自分がいて、さまざまな事件があるホームドラマが進行する。脳が願望をドラマにするのだろうか。

テレビの横の壁に、額に入れた若き日の妻と子供の頃の息子、娘がいっしょに写っている写真、それと並べて妻と幼い孫娘二人の写真も掲げており、それらが、いつも見るともなく視界に入っているせいかもしれない。

ソファーからずり落ちて、ハッと気付くと、むろん誰もいない寒々とした独りきりの部屋である。妻の遺影の額のガラスが電灯の光を反射して冷たく光っている。夢の中で随分時間が経過したと思ったのに、いつも視ているアメリカの字幕つきテレビドラマは理解できる程度にしか進んでいない。脳の老化による一瞬の妄想みたいなものであろうか。

違う日、居眠りすると、同じ家族構成の一家のドラマをまた見る。それを不思議とも思わずに納得してみている。

たまに、目覚めた時、夢（妄想）からすぐに現実に戻れないときがある。しばらく先ほどまでの仮想現実に漂っていることがあり、買い物に行ったはずの妻の帰りを、未《ま》だかと玄関に目をやっていたりしていることがある。

次第にこんなことが多くなり、老化が進んで行くのだろうか。ある日、亡妻の遺影が笑ったりするようになるのだろうか。

【サム・テイラーのテナーサックスで有名なジャズのスタンダードナンバー「ハーレム・ノクターン」のハーレムはニューヨーク、マンハッタン北東部の黒人街のことで、そこを何故ハーレムと呼ぶのかは、寡聞にして知らないが、まさかイスラム社会のハレムとは関係ないだろう。蛇足だが、ノクターンは、日本では夜想曲と訳されている】

陽気な神父さん

徳岡孝夫

阪急電車の終点（当時）の四条大宮駅で降り、地上に出た。

「京の都か」と思わず息を呑んだ。

壬生《みぶ》車庫から出て来た市電が止まった。

それまで受験勉強に明け暮れていたから、壬生は新選組の本拠跡であることなど、それまで聞いたことはなかった。

「百万遍」行きの電車に布団袋を担ぎこんだ。

身の回りの品とシャツ、三、四冊の本を入れた風呂敷を持った叔母が続いた。

市電が祇園《ぎおん》に差しかかるあたりに、「1姫2太郎3サンシーゼリー」の大きな看板が出ていた。

終戦直後の日本は、数百万の海外居住者が帰ってきて、人口を減らしでもしない限り食っていけない国になっていた。

東一条で降り、布団袋を担いで三高自由寮へ行くと、オッサンが一人黙然と座っていた。

氏名を名乗り、米穀通帳を差し出してから、「住所は」と言いかけると、オッサンは手を振った。

「ここは自由寮だ。住所などどうでもよろしい。君は中寮六番だ」

それだけ言って、後は何も聞かなかった。

世の中で、この自由さは何ということだろう。私も叔母も浮き浮きした気分で、廊下を中寮の奥の部屋へ歩いた。

廊下の窓ガラスが割れて、折柄《おりから》桜の花が一面に散っている。それが廊下に吹き込んで、廊下を桜色に染めている。

私たちは桜の花びらを踏まないよう、廊下の隅っこをカニ歩きしながら進んで、割り当てられた部屋に着いた。

「徳岡です。よろしくお願いします」

と挨拶すると、上級生らしいのが答えた。「おうっ、よう来た。ここは自由寮やから、それ以上は何も聞かない。君のベッドは上だ。今夜はストームだ」と言っただけの素っ気なさだった。

名前を聞いて、私がサンづけで呼ぼうとすると、

「自由寮だ。上級生の中にもドッペッタ奴が大勢いる。サンはなくてよろしい」

つまり旧制高校の寮は、いわば治外法権をもって、運営するともなく運営されているらしかった。

それまでの五年間、規律ずくめで鍛えられてきた中学時代と何という違いか。

廊下の桜も申し分ない背景だったが、その晩、夕食が済むと、予告通り、ストームがはじまった。

どこからともなく、「紅萌《くれないも》ゆる、イッパッツ」と声がすると、どら声で、「紅萌ゆる丘の花　早緑《さみどり》匂う岸の色」。歌声が起こり、赤ふんどしの連中が私の部屋へなだれ込んできた。

二階の寝室からは、枕の中のもみ殻をふんどし一丁になった我々に投げつける上級

生がいる。

夕食はどこへ行ったか。買う金はないし、飯屋があるか、それも分からない。

我々新入生はベッドにもぐり込んだ。

掲示板に、墨痕淋漓《ぼっこんりんり》、

「X月X日X時　尚賢館にて入学式を行う」

すでに寮生であった私たちは、無論下駄ばきで行った。朴歯《ほおば》の下駄、破れ帽子、鼻緒には三高文甲と書いて、明治の建築らしい講堂は、ガタガタと足音でやかましかった。

司会の教授の一言で、校長が登場した。白髪の長髪、短軀の落合太郎校長である。

演壇に立ち、落合校長は、

「私、落合」

それだけ言った。

私は仰天した。それまで教育勅語と共に朗読された旧制中学の式辞と変わって、何という簡明さであろう。

落合校長は、はっきり言えば、どうでもいいという風に壇を下りた。

「おうっ」という声が学生の中から起こった。

落合太郎校長はデカルトの『方法序説』を翻訳した有名なフランス文学者である。

だが名前だけを一言して降壇するとは。

三高構内の一隅にある自由寮から、教室に向かって真っすぐに行けば文科の教室がある。左へ行けば図書館である。毎朝寮を出て、図書館へ行くべきか、教室へ行くべきかを悩んだ。

私は図書館へ行って、自分の好きな本を読むことを選んだ。

なぜ自分の選択を決めたのか。私はヘルマン・ヘッセに凝りだしたからである。

一日中図書館に座って、ヘッセを耽読《たんどく》した。

教室へ行っても、英文の山本修二先生は歌舞伎文楽の批評家でもある。数学の秋月康夫先生には「秋月の定理」という研究がある。ほとんどの先生が三高の卒業生つまり先輩であり、友達に話しかけるような調子で学生に語りかける。

この頃、若者がまず間違いなく読むのは恋愛小説だろう。私はアンデルセン著『即興詩人』に引っかかった。

当時の私は、その大恋愛小説に取りつかれた。恋されるほうの女性、アヌンチアタも美しく情熱的で、われわれ学生が逆上《のぼ》せても当然の女性である。

私は、『即興詩人』を一晩がかりで読破した。記憶に誤りがなければ、これは森鷗外の訳で、鷗外が母親に読ませようと出版社に活字を大きくしてもらった。珍しい訳本である。だが訳よりも文章から迸《ほとばし》り出る恋心が、私を捕えた。

それから五十何年経って、私は、「樹木希林さんと対談しませんか」と誘われた。お名前は知っていたが、テレビ世界の人物である。独特のコマーシャルについて、ちょっと気のきいたことぐらいは言えるかもしれないが、それ以上の知識が当方にないので断った。ところが間もなく樹木さんが亡くなった。新聞の訃報の中に、「愛読書『即興詩人』」とあるのを見て、私はびっくりした。アンデルセンの恋愛小説が愛読書なら、言いたいことはいくらでもある。しまったと思ったが、手遅れだった。

しかし今振り返れば、『即興詩人』を深く追求していかなかったのは幸いなことだった。

愛読書は、時には、一生を通じて、読むものを捕えて離さない力がある。私がそのままアンデルセンに捕えられていたら、それはそれで一生だろうが、しかし私にとって単純な生涯だったのではないか。とにかく私は、『即興詩人』を二晩がかりで読んだ。

御推察通り、私は後に勤務先で、私としては大恋愛を演じて、生涯の伴侶を得た。しかし百歳以前を通観すると、一冊の本、恋愛小説、その女主人公、例えば、ゲーテ『若きウェルテルの悩み』のロッテ、スタンダール『赤と黒』のレナール夫人、森鷗外『舞姫』のエリス、シェイクスピアのジュリエット、オフィーリヤなど、絶世の美人にかかずり合うのは考えものだ。また当たり前のことだが、現実の西洋人は美人ばかりではない、と後に感じた。

いずれにせよ、私は二晩徹夜して読んだ『即興詩人』に深く心を打たれたが、それを一生の指針にはしなかった。

人生の幸運と言うべきか、不運と言うべきか。死ぬ前に計算してみないと無理だが、こういう疾風怒濤《しっぷうどとう》の本を持つことは一つの思い出であり、人生の飛び石として面白いのではないだろうか。

京都駅が近づくと列車の速度が落ち、「経済警察が張ってるぞ」と情報が流れる。左側の窓から見ると、線路の外では、親戚の人々が待っている。京都駅で没収される闇米なら、その前に窓から投げて親戚に拾わせる。汽車の窓からは袋に入れた江州米が次々に投げられる。大きな声で呼ぶものがいる。袋が破れて米が線路上に散乱する。それが千年の都京都の戦後の日常的な風景であった。

そういう状況の中へ三高自由寮の寮生だった私は投げ出された。

寮生の失火があって、寮が全焼し、炊事委員という名の会計係だったから寮生の米穀通帳を救うために奮戦したおかげで、服も布団もすべて失ってしまった。悪名高い底冷えの京都で、当時の食糧事情のもと米を売っている店など一軒もない。

そこへ、ムレット先生がしばらくであれば数人なら引き受けてやってもいいと言っている、という情報が舞い込んだ。

恥も外聞もなく、私は級友と二人で、三高官舎のムレット先生を訪れた。

肥って白髪、カソック（神父の平服）を着た神父は出てきた。

「すでに二、三人、私が引き受けている学生がいる。彼らと同じルールで起居する。それさえよければ泊めてあげよう。ただし食べるものがそれだけあるかどうか、やってみなければ分からない」

と言って笑った。

とにかく一晩の港は確保した。級友と私はここで三日ぶりに着ているものを着替えた。なんでもいい、とにかく一晩でも泊めてもらえればいいのだ。

ムレット神父はルールを示した（言葉はよくは分からなかったが）。

そのルールとは、

①先着の同級生と同じ生活ルールを守る事。

②家の中では、English Only。

こちらはOnlyであろうと何であろうと「今晩」が問題だから、喜んで受け入れた。

その時私は、これが自分の生涯に大きな影響を持つ転進だとは知らなかった。転進とは、「英語との付き合い」の始まり、である。

私は五年後、三高と大学を出て新聞社に就職したが、それだけなら普通の新聞記者の半生であったろう。だが私は偶然のことから翻訳者となり、アイアコッカ『わが闘魂の経営』、ニクソン『指導者とは』、トフラー『第三の波』などの翻訳者になった。

不思議なことに、こうした翻訳本が飛ぶように売れた。東京駅、八重洲南口のブックセンター入口に積まれた本に群がる人々が、私の訳書を奪い合うように買って行くのを見て信じられない思いだった。

もちろんそれらの訳本の収入は、横浜に百坪の宅地を買い自宅を建てる資金になった。

また、ドナルド・キーン「日本文学史」シリーズを翻訳するという大任を中央公論社からもらった。

キーン氏に引き受けてくれるかと持ちかけられ、「新聞社がよければ」と答えておいたが、翌日、毎日新聞社の重役室が並ぶ四階を歩いていると、中央公論社の嶋中

（鵬二）社長とばったりあった。

　キーン氏からの依頼があったのだろうと直ぐに感づき、

「嶋中さん、何故こんな場所に」

と問うと、嶋中氏は、ふっふっふっと笑って答えなかったが、私の毎日新聞での職務とは別に、キーン氏の長期にわたる執筆を助けてやってくれ、と頼みに来たのは明らかだった。

　それ以外にも、文藝春秋「諸君！」の巻頭八ページ、「紳士と淑女」を三十年間にわたって書く仕事も舞い込んだ。

　すべてがこの一月の夜、京都東一条で飢えた学生の将来に横たわっていたことは当時知る由《よし》もなかった。


　ムレット神父はにこにこと笑う人懐っこい（といっても言葉はよく通じないが）アメリカ人だった。

「着るものはあるのか。米穀通帳はあるのか」

という会話が辛うじて通じた。

その日の夜から、私と級友はムレット先生宅の居候になった。

廊下に仕切りがあって、その向こうにオバサンが起居しているらしい。

通帳を渡すと、僅かに夕食と称するものがテーブルの上に並んだ。

ムレット先生は英語で食前の祈りを捧げて、私たちより先に寄宿している三人ほどが、それに倣《なら》ってお祈りをした。

私どもは、正直なところ、神も仏もなく、ただ合掌だけして、スプーンを取り上げた。

ムレット先生は三高で英会話を教えていた。戦争中からのドイツ語会話の三浦アンナ先生とならんで、二人とも肥満した先生だった。

身一つで三高自由寮を焼け出された私は、ほかに行く場所はなかったのだった。

京都は戦災こそ受けなかったが、京都を囲む周囲の町はみな焼かれ、余分の部屋を持つ家など一軒もない。三高を止《や》めることまで考えたが、その時三高で英会話を教えていたムレット神父が受け入れてくれるという話を聞いたのだった。

学生たちが守っている一日のルールは、七時半起床、八時登校、午後は、庭、屋内などの掃除、午後九時半就寝、という簡単なものだった。

そこで着の身着のままで転がり込んだ我々は、これくらいなら妥協しようと軽い気持ちで、前からいた学生たちと合流したのである。

今思えば、神父は、私たちを十二、三の少年という風に思っていたようだ。東洋人は若く見えるらしい。

その若く見られている感じは我々にも伝わり、「ナメられているな」と反発をおぼえた。

オマエさんは、カントを読んだことがあるのか、マルクスを読んだか、と内心神父の教養を馬鹿にしたような態度を取っていた、と今にして思い出す。

しかし、実際に一つ屋根の下に起居してみると、神父も私たちが思っているほど陽気一点張りのアメリカ人ではなかった。

何よりも見込み違いだったのは、彼には神父そのものの仕事以外にカトリック教会のオルガニスト（オルガン奏者）の仕事があることだった。

居間に置いたピアノの上に、「バッハ、ブラームス、ベートーベン」と大きく書いた楽譜があった。神父は授業のない時間にピアノに向かって弾いていた。

それまでカント、ヘーゲル、マルクスなど、それだけが科学だと思い込んでいた私たちは驚いた。

神父は私たちにカトリックを押しつけなかった。

河原町三条のカトリック河原町教会（当時の建物は今は明治村にある）へオルガンを弾きに行くことがあったが、それ以外は三高で英会話を教えるのが唯一の公務で、その授業もジョーク混じりのもので、当時の私たちからみればごく他愛ないものだった。だが神父の内面をうかがい知った私たちには、バッハやブラームスが気になって仕方なかった。

「アメリカ人にも内面があるのだ」という考えが足音もなく忍び寄って来るような気がした。

それまでは、「物量だけ」と思っていたアメリカ人にも精神の内容があるのだと認めざるを得なかった。

そのうちに、一人、二人と空いたベッドを求めて来る同級生がいて、神父と私たち八人、総勢九人の大所帯になった。

ムレット神父は、ニューヨーク州の北西部のナイアガラの滝に近いバッファローのカトリック家庭で育った人で、陽気な音楽好きな方だった。はじめての外国人との会話におどおどしている私たちを引っ張り込んで、会話を盛り上げる巧みな腕前があった。

一九六〇年にニューヨーク州のシラキュース大学のフルブライト留学生だった私は、京都のムレット神父から、「姉が亡くなった」との電報を受け取り、グレイハウンドバスに乗って、バッファローの墓地へ葬送ミサと埋葬式に列席するために行った。神父は男女双生児の片割れで、特に仲の良かった姉のことを何度も話していたので、私は神父をよく知る者の一人として墓の横に立った。

戦前の神父は関東州または満州で日本人と少し接触があったらしい。東アジア伝道のメリノール会に入ったくらいだから、布教の情熱はあったに違いないが、それよりも音楽、特にオルガンとピアノが得意だった。

旧制中学時代の私は、大阪の朝日会館で、井口基成のピアノ、巌本真理のバイオリンを聴いていたが、生の音楽を傍で聴くのは初めてで、若い私の知っている西洋音楽は、ヨハン・シュトラウス二世の「ウィーンの森の物語」程度だったので、生の音楽を身近に聴けるのは予期しない楽しさだった。その音楽のためにムレット神父は日頃から、バッハ、ブラームス、ベートーベンの練習曲を何度も弾いていた。

後に記者として外国の要人に接したとき、スムースに会話ができるようになったのも、三高、京大の五年間世話になった神父との会話が蘇ったものと思われる。

ステイホーム

土井荘平

令和三年一月二十日記

私の住む神奈川県はニューコロナの流行による緊急事態宣言下にあり、不要不急の外出は避けるよう呼びかけられている。新宿から急行でも一時間近くかかるこの地方都市でもかなりの数の感染者が出ている。

要介護者として、週一度老健（介護老人保健施設）のデイサービス（日帰り通所介護）へ行っている私は、次の予定日はどうしようか、不要不急ではないかと迷っていた。

それは、前に痛めた左膝の痛みがぶり返して歩くのにも難渋していたせいもあった。左膝は、一か月ぐらい前、打ったとか、捻《ひね》ったとか、何の覚えもないのに急に痛み始め、二、三日後には激痛で歩けなくなった。訪問診療を待っていられず、亡妻の遺品の杖をつきつき、かかりつけ医にどうにかたどり着き、レントゲンを撮って診てもらったが、幸い骨にも関節にも異常なく、痛み止め薬と湿布の処方箋をもらい、時間はかかったが、どうにか治まったのだが、数日来また痛み始めたのだった。

　もう大丈夫だと高を括《くく》って往復一時間かかる郵便局へ行ったところ、その帰り道、途中から痛み始め、翌日になると、脛《すね》やふくらはぎまで痛くなった。多分膝を庇《かば》って筋肉痛を起こしたに違いなかった。

　昨日は訪問看護のナースの訪問日で、「ここらへんまで痛いんだよ」と訴えると、彼女はふくらはぎやその近辺をあちこち押した。痛む正確な場所の確認だったろうが、私には、あの凝ったところを押す指圧のような、痛《いた》気持ちいい感じで、同時にふと前日の出来事を思い出し、余計にいい気分になった。

　実はその前日、何年も前から世話になっているヘルパー派遣事務所の社会福祉士Ｑさんが、書類に印鑑を取りに来て、その帰り際、玄関口で、「膝が痛くて痛くて」と心安さについ訴えた時、彼女がドアを閉めながらこう言ったのだった。

「素敵な訪看さんがいらっしゃるんでしょう。その方に、撫《な》で撫《な》で、してもらいなさい」

えっ、と驚いている間にドアは閉まったのだった。

彼女には、いつもやられる。

しばらく会わない時があり、用事で電話が掛かってきた時、「最近来てくれないから、顔が見たくって、いっそ、中学生みたいに、帰りを待ち伏せしようか、なんて思ってたよ」と言ったら、「あら、待ち伏せられたいわ」と間髪入れずに軽くいなされてしまった。

その会話のキャッチボールのことはともかく、その彼女が言った、撫で撫で、が現実になって、私は口許《くちもと》が綻《ほころ》びそうになった。

余談はさておき、こんなに痛いのにデイサービスに行くべきなのか。機能訓練のリハビリは、ふだんは気持ちもいいのだが、こんな痛みがある場合は、動かせばかえって悪化するのではないか。

その上に、コロナの心配も浮上したのだ。

実を言うと、今度の第三波の流行、正月は東京にいる子や孫との会食をやめて、独り正月をしたのだが、老健については、いろいろと予防策が講じられているからと、あまり気にせずに行っていたのだった。しかし、神奈川県発表の数字を見て愕然とした。

神奈川のコロナによる死者三百六十一人のうち、六十代以上が三百四十一人、つまり九割以上が老人なのだ。老健だって安全とは言えないのではないか。やはり小池東京都知事の言う、ＳＴＡＹ　ＨＯＭＥするべきなのか。

ともかく明日は休めばいいだけのことじゃないか。だが私は逡巡していた。なに故の逡巡か。それを説明するには、このくだくだと回り道しながら書いてきた話を、さらに寄り道させて書かなければならない。

私が行っているデイサービスでは、毎月最終週のリクリエーションはカラオケと決まっている。そしてまたその日には、その月生まれの人たちの誕生会もやることになっている。

私の誕生月は十二月で、昨年の十二月は、三十一日の大晦日は、さすがに休みなので、私の年内最後のデイサービス日は、二十四日のクリスマス・イブの日となった。

クリスマスの飾りつけの中で、カラオケが始まった。

「締めは、土井さんで、山下達郎、『クリスマス・イブ』！」

前もってスタッフから、お願いね、と言われて、「えっ？ 演歌世代のボクに、あれ、歌わせるの？」と言ったが、JR東海のテレビ・コマーシャルでよく聞いた曲、何とかなるだろうと断らなかった。

何とか歌って、お世辞かも知れぬが、拍手喝采を受けた。

続いては、誕生会、ハッピーバースデー何とかさん、十二月が誕生月の何人かの名前を入れて合唱し、終わりに、「じゃあ、土井さんから、一言」と促されて、ちょっと高揚した気分に乗って、私はマイクを持った。

「来年も、ここのマドンナに片思いでもして、通ってきます。よろしく」

「マドンナ、いっぱいいるじゃない。土井さんのマドンナ、誰よ？」

すかさずスタッフの一人から野次が来たが、それには答えなかった。

冗談めかして言ったセリフだったが、実はこれは真実だった。私は片思いしていたのだ。

明日のデイサービス、行こうか行くまいか。ぐじゅぐじゅしていたのは、そのせいだった。

「恋は思案の外《ほか》」である。

だが、膝痛と、コロナへの不安に負けた。

そしてＳＴＡＹ　ＨＯＭＥの今日は、窓いっぱいに差し込む陽光に、

小春日や野良はベランダわれ窓辺

気高い行為

徳岡孝夫

それはイタリア大使館からの一本の電話ではじまった。

仕事場の私の机の上の電話が鳴って、出ると、

「イタリア大使館ですが、再来週の週末、お手すきでしょうか。実は先日のことで大使がたいへんお世話になり、その返礼をしたいと申しております。日光の中禅寺湖畔に大使館の別荘があります。そこへ泊りがけでおいでになりませんか。お客はブラジル大使、ロンドンのＡＮＳＡ通信支局長だった女性、それともう一人の予定です。土曜日の午後早く東武電車の浅草駅で落ち合って日光へ参りたいと思います。一泊の予定です。大使館の車が参りますので日光へ着いてからの行動はすべてこちらで用意します。電車の切符などは当大使館で手配しますから」

そういう電話だった。三十数年前の話である。棚からぼた餅とまではいかないが、

結構なお話である。東武沿線の松原団地に住んでいた私は即座に応諾した。

お世話になったといわれても、今では思い出せないほど何か些細なことだった。家に帰って妻にその旨を伝え、ちょうど予定が空いていたので行く準備をした。

東武電車の浅草駅は空いていたが、週末らしい賑わいも少しはあった。そこで落ち合って「けごん」だったかに一同六人で乗り込んだ。途中私は自分の団地を指さして日本の住宅事情などをイタリア大使とイタリア人記者に英語で説明した。

ＡＮＳＡ特派員は中年の女性でロンドンにいただけに英語は不自由なく話した。われわれは食事しながら日光に着いた。

東武電車の終点には大使館のクルマが迎えにきていた。

「中禅寺湖畔には、大正天皇から頂戴した第一次世界大戦の同盟国の別荘があるんですよ。だからドイツ大使館のはないんですよ」とイタリア大使は笑いながら説明した。

「中禅寺湖の畔《ほとり》です。われわれの別荘は建物だけですが、英国大使館のものは小さな桟橋とヨットが二、三隻ついています。われわれはそれを英国海軍と呼んでいるんですよ」

とイタリア大使は説明した。

いろは坂を通ってつつましい３ＤＫほどの、杉皮張りで日光杉を市松模様に配した外壁の大使館別荘に着いた。

ＡＮＳＡ記者が湖で泳ぐと言うので、私もと水泳パンツを借りて湖に足を入れた。湖水は思った冷たさの二倍ほども冷たい厳しい水だった。これは危ないという気持ちと中禅寺湖は東照宮の湖で、泳いではいけないのではないかという心配が私の頭をよぎったが、乗りかかった船、思い切ってイタリア人記者に続いて飛び込んだ。

彼女は相当の水泳達者らしくどんどん泳いで沖へ出てゆく。中禅寺湖も泳ぐとかなり広い。私は泳ぐうちに心臓麻痺の恐怖が忍び寄るのを感じた。しかしイタリア人女性記者は平気で泳いでいる。「こんなところで日本男児が死んだら恥辱だ」という時代離れした妄想が私の頭をよぎった。

中禅寺湖で溺れて華厳の滝を流れ落ちる自分の遺体を想像して、そんな恥ずかしいことができるものかと、私の中の日本男児の魂が私を泳がせた。

イタリアの女性記者が近寄ってきて、「大丈夫か」と聞く。「大丈夫だ」と答えたので彼女は泳ぎ去ったが、私はそのとき変死する人間の大多数が、最後に「大丈夫だ」と言って死ぬという話を思い出し、恐怖に圧迫される胸に一抹のユーモアを感じた。別荘に帰って着替え、食事になった。大使館のコックが来ていたので申し分ないイタリア料理だった。

こんな接待に見合う助力をした覚えはない。たぶん人数が足りなかったので私に声をかけたのだろうと思い、気軽に接待にあずかることにした。

話は結構弾んで夜遅くなった。

女性たちは別の部屋に引っ込み、イタリア大使とブラジル大使と私だけが残った。ストーブが欲しいなと思うほどの冷えていく夜だった。

居合わせた三人はみな英語には不自由しない。話は弾んで、お国自慢みたいな風になっていった。

ふとイタリア大使が、

「午後十時を過ぎると、温泉を無料で使わせてもらうという約束が一軒の日光湯元温泉旅館としてある。行きませんか」

と笑顔で提案した。ブラジル大使も私も異存はなかった。あらかじめ電話をして男三人は、車に乗った。

両大使はいずれも日本の温泉は経験済みという雰囲気だった。私も社交辞令抜きでしゃべった。

「運転？　私が運転しましょう」

とイタリア大使が言ってハンドルを握った。それまでイタリア・ワインを飲んでいたのだから、今から思えば酒酔い運転だが、外交官特権があるし、日光湯元へ行くだけだからと思って、気を許して私も後部座席に乗った。

夜遅い温泉町はクルマの往来もほとんどなかった。

湯元の一流らしいその温泉旅館は大使と顔なじみらしく、従業員は何の儀礼もなしに出迎えてくれた。

われわれ三人は裸になり、温泉に入った。

脱衣場から浴室に入ると、一面の湯気だった。

「こんなにいいものは世界中どこにもありませんなあ」などという緩んだ会話をして、

われわれ三人は湯船に入った。

大きな浴場で、一面に濃く湯気が立ちこめていた。浴室の壁がほとんど見えないほどの薄暗さで、これもまたよし、という感じだった。

三人が湯から首を出し、裸の付き合いをしながらしゃべっていると、コトッと音がした。パッと見ると、脱衣場の方に近い湯気の端に二つの人影があった。

一人は明らかに老人と分かる男だった。ちょっと太っているが腰は屈み、俯《うつむ》き加減で、片手に持った手拭を腹にあてていた。

驚いたことに、その老人の後にしたがって湯気のなかから姿を現わしたのは、まだ若さの残る日本女性だった。男女混浴の大浴場だから女がいるのは何の不思議もない。特に好奇心もなくわれわれはそっちの方を見た。

私が「宵っ張りの年寄りもいるもんですね」と言おうとしたら、ブラジル大使が、シーッと口に人差し指をあてて、私を制した。

「私たちは今人生で最も『気高い行為』を目撃しようとしている」

とブラジル大使は英語で言い、顎まで湯に浸かった。私もイタリア大使も同じように身を低くして、湯船の中からその方向を眺めた。

脱衣場に近い一段か二段の階段がある一画で、男は後になり、若い女の方が先に立って行く。私は脱衣場に向かう中年過ぎの日本人カップルを凝視した。

爺さんの方は七十くらいだろう。足元がちょっと危ない。だが持っているものは手拭一本だけ、ゆっくりと脱衣場に向かって行く。

別に会話もなく、二人は立ち止まった。女は手桶に湯を汲んでしゃがみ、手拭を浸して、それを絞り、爺さんのからだを拭いてやっている。首からはじまって上半身、背中、そして陰部も拭いた。

爺さんは黙ってされるがままになっている。

女は爺さんを拭き終わると、もう一度湯を汲んで、それで手拭を洗い、絞った。何の会話もない深夜の大浴場である。爺さんは黙って階段を上がって脱衣場へ消えた。

残った女は、もう一度手拭を洗い、絞り、それで自分のからだを拭いている。そしてゆっくりと爺さんの後を追って脱衣場に消えた。

取り立てて急いでいるのでもない。しかし爺さんが着替えをするのを手伝おうという気持ちが彼女の背中に見えた。

二人の大使と私はただ黙って、二人の行為を眺めていた。

これがブラジル大使の言う「気高い行為」だったのか。私はようやく気がついた。そして十分な時間をおいて、われわれも湯から出て、からだを拭き、着替えた。

二人の姿はすでに脱衣場になかった。

それからの帰途、三人は口数が少なかった。もし眺めていたのが三人の日本人だったら、好奇心以外の何物もなく、爺さん、お盛んですなと二人の行動を眺めたであろう。それに宗教的なまたは道徳的な意義を追加しようとは思わなかったであろう。だがブラジル大使の一言が、イタリア大使と私を黙らせた。黙々として、しかし不機嫌ではなく、われわれは服を着てクルマで帰った。

帰り道、日本の夫婦というものについて会話があったはずだが、まったく覚えていない。

三人とも男であった。イタリア大使もブラジル大使もおそらくカトリック教徒であろう。聖母マリアを拝んできた半生を背負っている。私も実はカトリック教徒で、その三人が見た日本の夫婦（？）の着衣は果たして正確だったか、二人はどんな関係だったか、二人の間に性関係はあるのか。そういう問いのうちの二つ三つをクルマの中で話したが、どちらかといえば黙りがちで、三人は大使館別荘に帰った。

その晩は中禅寺湖の水泳の疲れも手伝って、私はぐっすり眠った。

約三十年前の昔を振り返って、私は思う。日本人がわれわれ三人の場所にいたら、どう見たであろうか。いわゆるデバカメが関の山ではないだろうか。男と女が素っ裸で風呂に入っている。女が男を拒む様子はない。そういう関係の男女を見て、今の日本人が想像するのは汗みどろの格闘のような性行為ではないだろうか。「気高い行為」というブラジル大使の言葉の裏には、日曜ごとに教会へ行き、聖体拝領をし、聖母マリアの祝福をこい願う半生の習慣があり、そこに「崇高な人間の行為」を見させたのではないだろうか。

今では、大使たちはそれぞれ国を代表する職責を全《まっと》うし引退したことだろう。私もものを観察して書く習慣を卒業して、独りで暮らしている。だがあの一瞬の、ブラジル大使の言葉が繰り返し私の記憶に甦ってくる。

この時代に、男の前へ回って身体を拭いてくれる女性がいるだろうか。私の記憶に頼って言うが、いるとしたら、私の語彙《ごい》にある、昔の「お妾さん」ぐらいである。しかし、現代、「百歳以前」を迎えている日本人男性に、そのような無私の行為をしてくれる女性がいるだろうか。いくらお手当をもらっていたとしても、裸の男の前を念入りに拭いてくれる女性がいるだろうか。今は受けた恩益分だけを一分一厘までキッチリ払戻すだけの、性差別解消社会を褒める風潮なのだ。

私は、その行為が、気高い、というつもりは、まったくない。しかし、人間の行為の中には、無私の行為、というものも過去にあったし、これからもあるのではないか。もしそうなら、私が奥日光で見た行為は、その行為を実際の行動によって私に見せた、男にはできない「気高い行為」といえるのではないだろうか。

こういう疑問を抱くことが、女性を傷つけることになるのだろうか。

何れ菖蒲か杜若

土井荘平

【いずれあやめかかきつばた——どれもすぐれていて優劣をつけがたく、選択に迷うことのたとえ。菖蒲と杜若は同類のよく似た美しい花で区別するのがむずかしいことから。】
シャープ電子辞書の『故事ことわざ&四字熟語辞典』より

令和三年一月二十七日記

老健での昨年末の誕生会、「土井さんのマドンナ、誰よ？」の野次に答えなかったのは、喉許まで出掛かった言葉を飲み込んだのだった。

私が言おうとしたのは、「いずれアヤメかカキツバタ」だった。だから決められないんだよ、と言って終わるつもりだった。

それを言おうとして止めたのは、数か月前のことを思い出したからだった。

その日、スタッフの女性たちが二列に並んで集合写真を撮っていた。

たまたまカメラの後ろにいた私に、列から「みんな可愛いでしょう、どう」と声が来て、思わず私は言った。「いずれ菖蒲か杜若」

だが、何の反応もなかった。

その翌週、ひとりが、「この前は、なんかはっきり分からないこと、言ったでしょう。ドングリの背比べ、みたいなこと」。

私はあわてて説明した。誰もがかわいい、って言ったんだよ。アヤメもカキツバタもキレイな花でしょう。ドングリとは違うよ、と懸命に説明したが、あの場の雰囲気からみて、理解してもらえなかったのは、彼女一人とは思えなかった。

私たちの年代なら誰でも知っていたであろうこの言葉も死語になったのか、無理もないかな。私たちの年代にはチンプンカンプンのコンピューター用語をいっぱい覚えて、私たちの年代の大半が手も足も出ないスマホやパソコンを苦もなく操る彼女たちは、こんな言葉など憶える暇はないのだろう。

それを思い出し、私は口を噤《つぐ》んだのだった。

片思いでもして、と冗談のように言ったが、実は本心だった。もうどう思ってもどうにもならないトシになって、何んとしてでもどうにかしたい、などとは思わずに、もう二年近い付き合いの彼女たちを見ていると、ひとりひとり個性があって味があって、それぞれが、世界に一つだけの花、に見えてくる。

彼女たちの主力は、私の娘よりは若い。だが私の孫よりは年上の、家庭持ちであり子を持つ主婦で、勤務時間が終われば、急いで保育園へ子を迎えに行くお母ちゃんである。だが、それを言い換えれば、女盛り、である。娘の世代は娘に見えるし、孫の世代は孫に見える。その中間の世代の彼女たちは、私にとってはストライクゾーンである。

同世代のお婆さんももちろん何人も来ているし、彼女らともよく会話をしている。

私は努めて話しかける。彼女たちも話したいはずだと思うからである。共有する時代があるから話題には事欠かない。戦争の時はどこに居ました？　から入れば話は弾む。後は身体のどこが悪い、どこが痛いの話になる。いわゆる茶飲み友達の感覚でしゃべりこんだりする。

しかし、それだけである。現実感があり過ぎて夢が見られない。相手の老いが見えて己自身の老いに気付く。恋には至らない。

自らの老いている現実を忘れて、若いお母ちゃんたちの動き回る姿を見ているのがいい。冗談を言って笑い合っているのがいい。

冗談といえば、ここでは午前中に入浴することになっていて、入浴に介助を必要とする人たちにとっては、デイサービスに来る目的の一つなのだが、自宅で自分で入浴できる私は、ここでは入浴しないこととしている。

それを間違って、入浴する人を呼びに来たスタッフから、土井さんも、と誘われて、

「ボクは入らない。恥ずかしいから」

と言って、「何、言ってんのよ」と、小さい笑いは取れたのだが、横にいたお婆さんが、キョトンとしているので、私は、

「ボクは、背中に、こんな大きい般若《はんにゃ》の刺青《いれずみ》、背負っててね」

と言ったら、「あら、見たいわ」とそのスタッフは即座に冗談と聞いて返答してくれたんだが、お婆さんはまだキョトンとしている。そこで私は、

「冗談だよ。ボクは家で自分ひとりで入れるし、それに、午前中の入浴、嫌いなんだよ。湯冷めして持病の喘息《ぜんそく》、起こしたことがあってね」と説明した。

風呂といえば、これはデイサービスではなく自宅で、女性二人にからかわれたことがある。

誤嚥性肺炎の後遺症で、すぐ息苦しくなるので入浴が怖かった頃、介護ヘルパーさんが来ている時に入浴してください、気をつけてくれるよう言っておきます、とのケアマネージャーの話で、ヘルパーさんと事務所のQさんが来た時、その話になった。

と、妻の介護の時から来てくれているヘルパーさんが、

「なんだったら、いっしょに入りましょうか」

私が、一瞬ドキッとした次の瞬間、Qさんが、

「あっ、そこまではケアマネさんに言われてないわ」

さらに、一拍置いて、

「残念ね」

私を置き去りにして二人で笑い合った。

（ボクは、何も言ってないじゃないか）
と私が言う暇もないやりとりで、二人の呼吸の合った揶揄《やゆ》に翻弄された。

男というものは、誰であれ女といっしょに入浴、なんてことに如何《いか》にトキめくか、百も承知の揶揄だった。持ち上げられて、次の瞬間落とされた。

私も脳裏に一瞬情景が閃《ひらめ》いたのは事実で、それを透視されたような思いで、バツの悪い顔にならざるを得なかった。

そのヘルパーさんにからんだ風呂の話をもう一つ。

自宅で妻の介護をしていた頃、寝たきりになってからは、浴槽を持ち込んでの訪問入浴介護の世話になった。

介護士の女性が二人、体調チェックの看護師と、ビニールプールのような浴槽を組み立てて湯を張る設営の男性とが一組で来て、入浴させてくれるのだが、ある日、準備が万端整ったところで、妻がイヤだと言い出した。

困惑するスタッフの説得にも首を縦に振らない。と、居合わせたヘルパーさんが、分かる、分かるわよ、女だもんね、と言い、私に目配せしたので、私は中止をお願いした。

その後ヘルパーさんとその件について話したことはないし、妻はもうしゃべれる状態ではなくなったので、彼女がどう思ったのかは分からないが、思い出すと、その日、介護の女性が一人足りなくて男性が介助しようとしていた。それが妻に忌避されたのではないか。

多分その男性も資格ある介護士であったろう。介護利用者にはもちろん男性もいるのだから居て当然なのだが、妻はその男性に入浴介助されることを嫌ったのではないか。

その一方で、テレビで視たことなのだが、ある老人ホームで、お婆さんが世話になっている介護士の男性にいっしょに入浴してほしいと頼み、彼の入浴介助をたいへん喜んでいる、というエピソードがあった。

つまりは、女性は介護される身になっても、男を選別するのではないか。女性なら誰でも嬉しい男性とは違う、という寄り道話でした。

要介護老人のデイサービスといっても、半日のところもあり、機能訓練を主体にした施設もあり、いろいろなのだが、私の行っている施設では、午前中に入浴と機能訓練（リハビリ）で、このリハビリの介助も、今はたまたま女性の理学療法士、作業療法士が行ってくれるのだが、それが終わると昼食となる。

その昼食の配膳や後片付けをすますと、私たちの昼寝タイムで、そのベッドメイクもして、枕の高さなど、これでいい？　などと細やかな配慮もしてくれて、三十分で起こすのも介護士たちの仕事である。

その後はリクリエーション・タイム。塗り絵をさせたり、クイズをしたり、そして三時のおやつを配って食べさせる。

その間、車椅子の人たちのトイレ行きの介助もひっきりなしにお声がかかる。

彼女たちは交代しながら動き回って、寒いから膝掛けを、とか、熱いお茶を、とか、時には走って移動し世話をしている。

私は彼女らが右に左に動いているのを視界の端に捕らえながら、本を読んだりテレビを視たり。

若い頃にウロウロした夜の街の脂粉の女たちとはまったく違う、潑剌《はつらつ》と動いている女性たちがいる雰囲気の中にいるのが快い。

朝到着した際、玄関でハイタッチで迎えてくれた介護士の一人が、かけ違ってその日は終日私の近くに来ることがなかった夕刻、帰りのクルマを待っているとき、傍に来て、

「今日は一度もお話ししなかったわね」

「そうだよ。忘れられたかと思ったよ」

「そんなわけないでしょう」

と彼女の手が座っている私の頭を撫でた。かわいい、かわいいと子供の頭を撫でるようにである。

それはふと母の手であった。私は子供になったような気がして和《やわ》らいだ。

彼女たちは、一日の仕事が終わると、介護老人のことなど瞬時に頭から消し去って、子供を、亭主を、家庭を思って、一刻も早くと家路につくのだろう。

もちろん、それでいいのだ。だが「九十一歳」の私の方は、彼女たち何人かの母性

の優しさに惹《ひ》かれて片思いし、次の機会を待つのだ。

電話が入った。先週休んだので、明日は来れるのかの確認と迎えの時間の案内だった。

「先週、待ってたのよ。どう？　明日は来れそう？」

「行く行く。あなたが電話くれたんだもの、這ってでも行くよ」

「膝の具合、大丈夫なのね。よかったわ。クルマ、九時から九時十五分の間ね」

ああ、やっぱり恋してた。向こうは事務的な問い合わせをしてきただけなのに、その優しさの籠った、だが「かりそめ」の言葉、「待ってたのよ」を聞いたとたん、一も二もなく、「行く行く」と返事していて、「恋は思案の外」、膝の痛みもコロナをも思案することのない決定だった。

夢の浮橋

土井荘平

令和三年二月四日記

「お膝、どう？」

寄って来た彼女が聞くのに、

「うん、まだ痛いのは痛いけど、もう大丈夫」

と私は答え、杖は？　と聞かれて、持ってこなかった、もう大丈夫だと思って、と言うと、

「用意するわ、あるから」

「大丈夫だよ」

「持ってたらいいじゃないの。転ばぬ先の杖、って言うじゃない」

「おっ、いい言葉、思い出したねえ」

「場所は此処《ここ》でいいの？　いつものテレビの正面の席のほうがいいんじゃない？」

「いや、あそこ、バッグ、置いてあるから、誰かいるんだよ」

「またコロナ流行ってきたから、間隔空けるように、席、バラケさせたのよね。代わってもらうよう言ってあげようか」

「いいよ、ちょっと斜めだけど視《み》えるよ。それに此処だったら、あなたも見えるし。右の目でテレビ視て、左の目であなたを見てるよ」

　彼女は笑って、

「じゃあ、時々、手、振るわね」

　そう言って、後ろ姿、ずうっと向こうへ歩いて行った。

　いつから彼女に関心を持つようになったのだろうか。

　あれは打ち上げ花火の塗り絵をしていた時だったから、夏だったかな。

　老人たちが塗った散る花火を、スタッフたちが切り抜いて、夜空に見立てた黒い紙に貼っていて、切り絵で壁に貼る夜空の花火風景を共同作業で作っていた。

　散った花火の一滴、一滴を、黄色、赤、青などで塗ってしまった私は、向こうのデスクで、二、三人の女性介護士たちと貼り付け作業をしている彼女の白い横顔を見て、一句つくってみたくなった。

散る花火うなじ後れ毛君浴衣

脳裏に、彼女のそんな姿が閃いたのだった。

ちょっと色っぽ過ぎるかなと、後れ毛を、白し、に変えて、絵の隅に書いた。

花火散るうなじは白し君浴衣

彼女の前へ持って行き、

「ハイ、ラブレター」と渡した。

「あらっ、ロマンチック！」

それから何週間も過ぎて、その貼り絵が、私はあまり行かないずうっと向こうの壁に貼ってあるのに気付いて行ってみると、一面の夜空に散る花火の絵の隅に、屑籠へ行ったかと思った私の句が、切り抜いて貼ってあった。

その俳句を彼女に渡そうと唐突に思ったわけではない。

何か月も前のことだが、昼寝の後、彼女と少し話す機会があり、

「地元の方ですか」と尋ねられて、

「いや、大阪出身」と言うと、

「えぇっ？」と驚かれて、

「なんで、此処にってこと？　流れ流れて、さ……いや、実はね、家内に先立たれるなんて思わなくてね。ボクの方が年上で当然先に死ぬと思ってね。息子も娘も関東に住み着いてしまってるし、大阪出身じゃない女房が独り取り残されては可哀想だと思ってね。もう年金暮らしだからと此処へ来たんだよ。この辺に家内の弟やら妹やらが何人も居るんでね。

　そうしたら当てが外れて、ボクが独りぼっちで取り残されたんだよ。えっ？　あ、この言葉、大阪弁じゃないって？　ボクはバイリンガルだよ、どっちでもしゃべれるよ、標準語でも大阪弁でも。若いとき、十年ほど東京に居たからねえ」

　そんなことがあってから、コロナの流行で、一か月あまり、デイサービスには行かなかった。第一波の流行の時である。

　久しぶりに行くと、彼女が来て、

「どこかで見た顔の人がいらっしゃるわ」

「髪、切ったんだね」

私がそう言うと、

「どう？」

と彼女はポーズをつくった。

そのポーズは、遠い昔、妻が美容院から帰って来た、その時に見せたポーズとそっくりだった。

離れていった彼女の後ろ姿は、背格好、身体つき、服の着こなし、昔の妻だった。

それから、顔を合わすと、軽い言葉を交わすようになり、次第に言葉数が増えた。

いつも、施設に着くと、体温、血圧の測定。ある朝、彼女が測ってくれると、脈拍が百以上も打っている。

「もしかして、私のせい？」と彼女。

すかさずその冗談に乗って私は、

「あなたが来ちゃあダメなんだよ、ドキドキしちゃうんだから」

「お茶、飲んで、深呼吸して。また後で来るわね」

「あなたが来たら、またトキメクよ」

クルマから、どっこいしょと下りて、歩いてくると、まるで走ったように脈拍が上がる。だが、十分か十五分もすれば、落ち着く。心臓に難のある私のいつものことなのを知った上でのやりとりである。

入浴介助に行くために、Tシャツに着替え首にタオルを巻いた彼女が傍を通る。

「おっ、戦闘服？　でも今日は短パンじゃないじゃん、脚隠して。ケチ！」

「また、いつかね」と後ろ姿の彼女。

カラオケ会、私も歌って終り、おやつの時間で、お茶とお絞りを持って来た彼女が、お絞りを出して、「ハイ、ここで一曲！」。

私はお絞りをマイクのように持って歌おうとしてみせて、

「なんでやねん！」

吉本漫才流のノリツッコミをして、

「何させるんだよ。ノッちゃったじゃない」

「大阪の血ですか？」

「とんでもない。大阪人はみな芸人じゃないんだから」

帰り際、コートを着せ掛けながら、「また来週ね」と言う彼女に、

「そんなこと言って、来週は休みってことないだろうね。いつかあったよ、来てみたら、あなたの姿がなくて帰りたくなっちゃったよ。交代で休むんだろうから仕方ないけど、来週休みってときは言って欲しいんだよね。そしたら覚悟して来るんだから」

そんな月日があって、俳句は彼女へ渡すのが自然の流れだったのだ。


私は遠くで動き回っている彼女を見ていた。実はテレビは視えるのだが、感染予防のために机上に立てたアクリル板越しなのでよくは見えず、彼女を見ているほかにすることがなかった。

突然、彼女がバタバタと走って来て、私に近い自分の席を離れてウロウロしているお婆さんを席へ連れて行った。

見ないようで見ているのだ。それにしては、言っていたのに、彼女は一度も私に手

を振らず、つまり一度もこちらを見ず、そうなるといつ手を振ってくれるか、見逃してはいけない気になって、脇見もできず、杖に頰杖ついて、じっと彼女を見ていると、なんだか恋するひとを見詰めている心境になってきた。トシを忘れて、というか、自分が少年のような気になっていた。

感染予防のため、昼食もそのままの席で済ませると、彼女が前を通り、弁当らしい包みを見せて、

「食べてくるわね」

と、亭主かカレシかに言うような語調で、私も、「ああ」と、妻かカノジョかに答えるような語調になった。

帰る時間になって、コートを着せてくれた彼女に、

「本日は、一日中、お姿が拝めて、幸せでございました」

ドラマのセリフのようなクサイことを言った。ドラマのセリフのようだから、半分冗談のように言えた。

「監視されてるから欠伸《あくび》もできなかったわ」

「監視だなんて、憧れて見てたんじゃないか、ファンなんだから」

「じゃあ、また来週ね」

「来週、休みじゃないだろうね。またいつものように聞いてしまうんだけど」

「大丈夫。お休み、来週はほかの曜日に決まってるから」

おぉっ、と私はハイタッチの手を出した。

クルマのドアの外まで送ってくれて、中と外で手を振り合った。正に、週一、後朝《きぬぎぬ》の別れであった。

クルマが動き出せば、彼女は瞬時に素に戻って、頭の中から私を消したであろう。彼女にとって私は、通所老人、他の曜日も含めた百何十人の中の一人に過ぎないのだから。

私は、彼女の素について何も知らない。年齢すら知らない。知らなくていいことだった。

この施設という舞台で、私が仕掛ける擬似恋愛ドラマに、阿吽《あうん》の呼吸で見事に共演してくれているだけなのだ。そしてそれもまた彼女のホスピタリティーだと思うべきなのだ。

そんなことは百も承知の上の「ひとりきりのラブストーリー」に、私は陶然としてクルマに揺られ、「聖母《マドンナ》たちのララバイ」を声には出さず口ずさんでいた。昭和に流行ったこの唄は、歌ったのは岩崎宏美だが、作詞は男性で、この歌詞を今時の女性がどう思って聞くのかを知らないからである。

気がつくと、テレビが字幕入りの英語のドラマをやっている。

私はまだ彼女とのストーリーの余韻の中にいた。そして、それが現実にあったことなのか、私の脳が紡いだ願望の夢の物語だったのか分かっていなかった。

彼女って、菖蒲か杜若だったのか、それとも亡妻の化身だったのか。考えることもなく呆然と余韻に漂っていた。

額の中の妻が、一瞬、微笑んだような気がした。

【「夢の浮橋」とは、「広辞苑」には、「夢浮橋《ゆめのうきはし》」として「源氏物語の最終巻の名」、転じて、「夢の中の危うい通い路。また、夢。そのはかないことにいう」とある】

政治家が死んだ時

徳岡孝夫

遠い昔、一九六四年、東京で初めてオリンピック競技が行われた年のことである。新聞記者だった私は、カメラマンと並んでパリの街のオペラ座に近いあたりを歩いていた。

パリへ行くについては、それなりの事情があった。

当時はまだ簡単に海外取材などできない。しかし、クルマの通関をはじめ、遅れてくる隊員（総勢六人）のためのホテル手配から、国境を越えるときの算段まで、隊長として雑用は無数にあった。その合間を縫って会社には黙ってパリ見物の時間を捻出したわけである。

今は昔、大阪に本社のあるダイハツ工業は、軽三輪トラック「ミゼット」で大いに売れていた。たしかに免許も簡単に取れるし（当時は軽自動車限定の運転免許があった)、クルマの構造のテストも簡単で、大阪の中小企業が店の前に止めておくにはもってこいのクルマだった。

その成功に勢いづいたダイハツは、四輪乗用車でトヨタ、日産などと肩を並べる一流企業への昇格を狙った。

折柄、毎日新聞も東京オリンピックで広告主が東京へ移ってしまったので、大阪毎日は商売に行き詰まりを感じていた。そこでオリンピックの聖地、ギリシャのオリンピアから聖火の通過地点を縫って開会前に東京の国立競技場まで、聖火をリレーするコースをクルマで走って、その写真と記事を送るというアイデアだった。

大旅行だが、ダイハツと毎日がそれぞれスタッフを提供し、現地からルポを送って、それを毎日が載せる、というかたちで話がついたらしい。

というので、話が数年前にアメリカ留学の経験がある私に舞い込んだのである。

東京へ打ち合わせに行き、カメラマンの南川昭雄君を伴って大阪へ帰り、伊丹から堂島の本社へ帰った時だった。

「ちょっと来たまえ」

と編集局次長のK氏に呼び止められた。元ボン特派員をしていた人である。当時はドイツは東と西に分かれ、西ドイツの首都はボンにあった（東ドイツはベルリンだった）。

ふだんは声を掛けられたこともない、私にとっては偉い編集局次長である。

「徳岡君、ちょっと」

K氏は私を呼び寄せ、低い声で聞いた。

「アテネへ行くんだってね。パリへは行かないのか」

「ハイ、社の予定ではアテネだけになっています。クルマを通関する仕事があるだけです」

そう答えると、K氏は私を見上げて言った。

「パリへ行かないの」

「でも、行けとの命令を受けてませんから」

「命令なんかなくても構わないよ。ヨーロッパへ行って、パリへ行かないテはない」

「ハイ。日程を加減してみます」

というわけで、私はこの五月の夕方、パリの道をぶらつくこととなったのである。

オペラ座の近くを歩いていたとき、ふと私は言った。

「ミナチャン、ネールが死んだよ」

「えっ。どうして死んだとわかる？」

「夕刊を見ろ」

パリの道端のあちこちに、二つに折ってうずたかく積み上げた夕刊紙が置いてある。その半分に折った夕刊紙の第一面は、申し合わせたように、ネールの写真と大見出しである。

見慣れた顔が見慣れた帽子を被っている。道行く人は申し合わせたようにそれを買っている。

私たちは、しばし立ちどまって、その光景を眺めた。

世界の偉人には違いない。しかしフランスには直接関係ない人である。それをフランス人たちは奪うようなせわしなさでその新聞を買って小脇に挟んでいる。

「日本は世界の田舎だ」と実感した。

インドはなるほど世界の大国である。英連邦という王冠の真珠はインドだそうである。ネールは、国連で、またバンドン会議で世界の行方に関係あるような演説をした。したには違いないが、その殆《ほと》んどは忘れた。ネールは次に何を言うか、正直なところ何の興味もない。

フランス人は小銭を出してそれを買っている。

ニュースそのものよりも、ニュースを受け取る気持ちが違うのだと思わずに居られなかった。

日本では、夕刊のトップに食いついて読むサラリーマンはほとんどいないだろう。仕事が終わって友人と行きつけの店に入り、いくばくかのアルコールを血液に混ぜて気分がよくなり、やがて帰って、女房の敷いた布団に横になる。明日はまた今日と同じ生活が待っている。

日本は、いや少なくとも日本の新聞読者の大多数は、そういう日常ではないだろうか。

ネールは戦後社会で、何を求め、何を主張したか。今私はまったく思い出せない。バンドン会議？　それもあるだろう。だが日本にはほとんど何の波乱も起こさなかった。日本人はただボンヤリ「世界の動き」を眺めただけである。後は政府が適当にやるだろう。その中に立ち混じって、右へ行こう、左へ行こう、と考える労も惜しんで日々を送っている。

パリの市民も同じようなものだろうか。いや、ここで見た光景は、必ずしもそうではないらしい。フランス人は、「世界の動き」に手を突っ込んで、世界の行方を掬《すく》い取ろうとしている。

五十歳以前の私たちは、今から食事をして、その後でムーランルージュで裸踊りを見に行くバスの手配を思い出しているだけである。

世界とはこういうものか、日本とはこういうものか。パリの街角に立って、しばし立ち止まり、「世界の中の日本」を思わずにはいられなかった。

それから三か月後、私は古代オリンピック発祥の地オリンピアを振り出しに、ユーラシア大陸の国々を巡った。

シリア、クウェートの二大砂漠を越え、チグリス、ユーフラテスの二大河を渡り、アフガニスタンを横切って、パキスタンからインドに入った。

聖火が空路運ばれてくるのはニューデリーである。

三台のクルマは、いろいろな困難はあったが、とにかくニューデリーに安着した。

電報局で、到着のレポートを打電し、ホテルへ帰ると、東京から、あらためて「インドの短いルポを送れ」との指令が来ていた。

翌日、インド外務省へ行って頼むと、ネールの家を見せてやる、と言う。

クルマは自前である。南川君と一台の乗用車で首相官邸に行った。

「ネールさんが亡くなった部屋はこれです」

それは百畳敷きはあろうかという広い部屋で、真ん中にチョコンと一つベッドが置いてあった。

ここで世界の動きを、インドの将来を考えたのか。私は遠い国ではあるが、インドというほとんど未知であった国の様を思わずにはいられなかった。

ベッドに近付いてみると、横の枕元に小さいベッドサイドテーブルがあり、その上に一冊のメモ帳とボールペンが、生前のままに置いてあった。

メモは半分方千切った残りである。

眺めているうちに、（ネールさんは、このメモに書くべきインドの将来を思いながら死んだんだ）という不思議な感慨が、私を捉えた。

涼しい風が入ってきて（インドにとっては贅沢）、カーテンを吹き払った。

案内人が一人、それ以外は誰もいない。私はベッドサイドに寄って、残されたメモ帳に少し手を触れてみた。

一国の指導者が、死ぬときに「し残したこと」を思うと、この残ったメモが生きているように思えた。

ベッドランプはあるが、寝間着ももはや置いていない。（ネールがし残したのは、このメモに書いてあることがすべてだ）という感じがひしひしと迫ってきた。

これをし残して死んだのか。安らかに息を引き取ったのか。偉大な指導者とは死にあたって何を考えるものなのか。彼は満足したのか。悔いながら死んだのか。

「外にネール氏を焼いたガート（煉瓦で四角に築いた川岸の火葬場）がある。行ってみますか」と言われて、私は、「もちろんです」と答えて、ガートの方角を聞いて、寝室を出た。

官邸の人は誰も案内してくれない。私と南川カメラマンは示された方向に川岸に向かって歩いて行った。

ジャムナ河だったと思う。首相官邸の外には人影一つなかった。大体の方角へ私たち二人は歩いて行った。

首相官邸の外には太陽がカッと照りつけている。風があるので涼しい。川に面したガートが見える。

「おい、女がいるぞ」

南川君が言った。

女が？　こんな所で、ネールが死んでから三か月後に、何をしているんだろう。半ば不審で、半ば新聞記者的興味に駆られて、私たちは歩いて行った。

サリーを着たすらりと背の高い若い（と思った）女の肩が細かく震えている。

「おい、泣いとるぞ」

と南川君が言った。

気がつくと、女はガートの傍に立ち、片手にハンカチを握りしめ、何の印もないガートの傍らに佇《たたず》んでいる。

「泣いとるぞ」

私は凍ったようになって立ちすくんだ。

ネールの遺志は明らかにこのインド国民の、それも若い女の身体に乗り移って、今照りつける太陽の下にある。横を川、「永遠の流れ」が流れている。そこへ焼いたネールの骨を流したのだろう。

どう形容していいか分からない。ただ私は偉大なものを見たと感じた。

インドは経済的には大した国ではない。当時もそうだし、今もそうであろう。世界の人々が集まって人類の将来を語り合う場で、インド人の意見をまず聞こうということにはならないだろう。だがここに一人の女性が失われたネールを偲《しの》んで泣いている。

——烈日の下で、私は「偉大な指導者」とは何かを、思わずにはいられなかった。

国民の家にテレビを置く、夏休みに休暇旅行をさせる。そういうことを成し遂げた政治家はいるだろうし、現に日本にもいた。たとえば池田勇人《はやと》は、国民の所得を倍にしてみせると約束し、実現した。こういう別の意味での「偉大な指導者」はいた。

だが、人間は何のために生きるのか、何のために死を迎えるのか、ということを考えたのは、ニューデリーのこの涼しい風の吹く川岸で焼かれた人ではないのか。そう「百歳以前」の私は思わざるを得ない。

ネールは生きて語り、死んで川岸に葬られた。しかし彼の思想は消そうとしても消せない深い刻印を、この巨大な大陸に残している。

私はパリで思った日本人らしい卑下を再び感じずにはいられなかった。

日本はやっぱり「世界の田舎だ」と、ため息とともに感じた。

夢かうつつか

土井荘平

令和三年二月十三日記

夕方、同郷の友人から電話があった。

「オレ、死んだんかなあ」

「えぇっ？」と私は絶句した。

今、広い温室のようなところに寝かされていて、誰もまわりにいない。外にクルマが見えるが一切の動きがない。助けてくださいと、大声で叫んでも、答える声もない。

やはり誰もいないようだ、と言う。

「どないしたんや」と聞くと、

「よう分からんのやけど」と。彼はこんなことを言う。

デイサービスに行っていて、風呂で倒れた、倒れたちゅうか、意識が遠くなった。

それから病院へ二軒、連れて行かれて、多分点滴を受けたような気がするのだが、よく覚えていない。また意識をなくしたらしい。

「死んで此処に置いとかれてるんちゃうやろか」

「何スカタンなこと言うてんネン。そんなこと、ある訳ないやないか。そうやとしたら、どないしてこの電話、してんネン。冥界からか、おかしいやないか」

「そうやねえ、生きてんのかなあ」

「生きてるに決まってるやないか」

「そやけど、死んだ思われて、この広いところに置いていかれたんやないやろか。此処、死体置場ちゃうやろか」

「君ねェ、家へ帰ってるんだよ。君、目が悪いから、そんな場所の気ィしてるんだよ。そこは君の家だよ。君の寝起きしてる離れへ帰って寝てるんや、きっと」

「そういえば、母屋の息子の嫁に電話して言うたら、お父さん、そこでいいんですよ、言うてたなあ」

「そうやろ。君、離れに帰って寝てるんや。そやから周りに誰もいないんや」

「そうかなあ。風呂で、なんか気分が良くなって、スウッと意識が遠くなったような気がする」

「そやから、脱水してて、病院で、生理食塩水の点滴、受けたんや。それは覚えてるんやろ。点滴中にまた眠って、夢見てたんちゃうか。その広い温室みたいなところちゅうのは、夢の中のこととちゃうか」

「夢やったんかなあ。なんか徐々に死んでいってる気ィしてたんやけど。死んでいく、ちゅうのは、こういうもんなんかなあ、思うてた気がするんやけどねえ」

「そんな訳ないやろう。今、電話、してきてるんやから。きっと、夢ちゅうか妄想いうか、それから未だはっきり目がさめてえへンねや」

「そうか、ここ、うちか。そう言えば、うちやなあ」

「前に言うたこと、ある思うけど、俺も最近ちょくちょくあるんや。目覚めても、しばらく見てた夢の世界から戻ってこれヘンことがあるんや。この間も、夢の中で嫁ハンが買い物に行きよった状況で目が覚めたんやけど、まだ夢の世界から帰ってきてなくて、女房が帰ってくるのを待ってるつもりでおって、しばらくして、死んでる嫁ハンが帰って来るはずないなあ。やっと気が付いたりしたこともあった。君のも、おんなじちゃうか。なにしろ、同じ九十一歳やからなあ。似たようなこと、起こるんや、きっと。君は、その上、目まで悪くなってるんやから余計かもしれんけど。それも生まれつきの盲目やのうて俄《にわ》か盲目やから。広いところに寝てて、周りは何の動きもない、外のクルマも動いてない、言うたけど、今の君、クルマなんてはっきり見えヘンやろ。それが見えてるちゅうのは、夢やった証拠やないか」

もう考えないで寝ろよ、夜、考えるとロクなこと考えヘンから、一晩寝て、明日また思い出したらエエよ。と言うと、随分眠ったさかい、寝られヘンかもしれん、と言う彼に、

「いや、風呂で倒れたりして疲れてるから、寝れるよ、きっと」

翌日朝早く、彼から電話が来た。

「やっぱり、夜の思想で考えてたかなあ。夢やったみたいやなあ」

「老健の風呂で倒れて、良かったやないか、周りに人がおるさかい、すぐ気ィついてくれてラッキーやったやないか。独りで入ってる風呂で、意識、失うたら、お陀仏、

やがな」

「そういえば、同級生で旅先の風呂で倒れて死んだヤツ、居ったなぁ」

「ホテルの風呂でなあ。溺死やったらしいよ。キミも、もし独りの風呂でおんなじこと、起きたら溺死したところや」

「そうかあ、Kも風呂の脱衣場で、脳出血、起こしたんやったなぁ」

「風呂で溺死したんは、湯船の中で血圧、下がって意識なくして、ブクブクやったんやけど、Kのほうは、入浴して緩んだ血管が、寒い脱衣場で急に収縮して、血管、破れたんチャウかなあ。家の脱衣場は寒いもんなあ」

「どっちにしても、危なかったんやなあ。もうわれわれは、そんなことの起こるトシになってるチュウこっちゃなあ」

「そうや。今度から、もうちょっと入ってたい、思うた時に出るコッチャ。それと、入る前に、水分、取っといたほうがいいよ」

「そやなあ、気ィつけるワ」

「ホンマやでえ」

と言いながら、ホントに危ないのは私の方だ。独り暮らしなんだから。風呂や脱衣場で孤独死、なんてことにならぬよう気をつけよう。

今やってる冬場の注意、入浴三十分前から洗面所兼脱衣場にストーブを持って行く。脱衣の前に風呂場のシャワーを出して風呂の洗い場を温める。気休めかもしれぬが、面倒でも必ずやろう。

動機が行動を浄めるか

徳岡孝夫

近頃の殺人事件は、もはや社会面の花形ではなくなった。

コロシよりもっと悲劇的な事件がいくらでも出現したからであろう。

昔、私がサツ廻りをしていた六十年前はコロシは社会面の花形だった。

夜は更ける。朝刊の締め切りが近付く。キャップはクルマの中に黙って座っている。新しい情報はいくら駆け回っても一つも出ない。捜査一課長は何も話してくれない。ご近所はみな戸を閉めた。

一行も材料がない。私たちサツ廻り記者は血眼《ちまなこ》になって駆け回った。

そんな時、ふとS記者が現われる。

「被害者と旦那の間には、別れ話が持ち上がっていたようですな」

私たちには発する声もない。夫婦の結婚式の仲人は誰がしたのか、それを考える余裕さえなしに、ただご近所を回っていたに過ぎない。

どこからそんな話を聞き込んでくるんだろう。だが、Ｓ記者は地獄耳と、情報から特ダネをかぎ分ける猟犬のような鼻を持っていた。

そしてそれを同僚記者とキャップの前で明かすのである。

そういう体験を経て、私は結婚式には仲人がいて、仲人は夫婦から立ち入った話を聞くものであることを初めて学んだ。

似たようなことを私は国際問題で、体験したことがある。

「サンデー毎日」のデスクに座っている時だった。

出版局次長が、編集局から小走りに来たと思ったら、私のデスクの前で立ち止まり、

「オイ、赤軍派がイスラエルで二十六人を殺した。おまえ、直ぐにイスラエルへ行け」

と編集長を飛ばしての命令である。

私は、むろんびっくりした。浅間山荘、その他の血腥《ちなまぐさ》い事件は、少しずつ連日報道

され、それぞれに大きい記事になっていたが、外国へ出かけて二十何人も殺したとは初耳である。おまえ、と名指しされても、私には知る材料がない。まして週刊誌では、物語にする材料や手掛かりがない。端緒がない。直ぐ行けと言われても持ち合わせがない。

私は、両手をデスクの上に置いて、万策尽きたという顔をした。

局次長は、さらにテルアビブ空港での事件を手短に語り、

「おまえ、犯人の動機、事件現場の状態、何でもいい、事件の詳細を現場から送れ」

と言う。

ここは東京の真ん中である。どこから手を付けたらいいか、見当がつかない。しかし誰かがこの大事件を書かねばならないことは分かっている。

私は経理のKさんのところへ行って、

「Kさん、イスラエル往復の金を出してくれ。すぐ行くから」

と頼んだ。

Kさんは、

「あらそう」

と言ったきり、机の引き出しから四十万円を出した。

何故あんたが指名されたのか、と後に聞かれて、

「多分、トラブル・シューターかサワリの場面で登場する役者と見られていたからでしょう」と答えた。

ややこしい事件が起こったとき、それを解きほぐす一片の情報を聞いて、事件全体を解決してくれる、分かりやすく説明してくれる記者、それがトラブルを締めくくるカギである。幸いそういう経験を何度もさせられた。日本語では「一発屋」と言えばいいだろう。


ローマからイスラエルの玄関口テルアビブへ乗客乗員を乗せた旅客機が到着した。乗る時に預けた手荷物を受け取ろうと受け取り口に並んでいる乗客の中の赤軍派三人が手荷物の中から自動小銃を取り出し、無差別に発砲し、二十六人が死んだ。その時点でわかっていたのはそれだけだった。

「行け」と命令された私は、先ず現場への往復旅費をもらった。

羽田へ行ってバンコク経由TWA（トランス・ワールド航空）の往復切符を買った。他の航空会社は（日航も）テルアビブへは行かない。石油をほしがる国の航空会社はアラブ諸国を憚《はばか》ってイスラエルへは立ち寄らないのだ。

出発までまだ時間がある。その間に私は次の手を打った。

毎日新聞本社の電信課に行くと、『リーダーズガイド・ビジオリカルズ』を繰った。全世界の出版社、新聞社の名称、電話番号、寄稿を受けているかどうか、その時に支払う原稿料がいくらかを記載してある便利な年鑑である。私は米国留学中にこの本の使い方を教室で習っていた。

「毎日」に届いている最新版を繰ると、テルアビブには、英文紙の「エルサレム・ポスト」があったが、私は、その次に書いてあるヘブライ語の「イディオト・アハロノト」という新聞を見つけた。

名称は何度も新聞で読んでいたし、ヘブライ語の新聞であるということも知っていた。

その本社の編集長宛に、自分で英文の電信を書いた。

自己紹介し、日本の新聞記者だが、現場の状況を知りたい。現場にいた記者、または近くにいて取材をした記者のルポを書きたいので、会わせてほしいという電文だった。

それを毎日新聞本社から打電すると、すぐに返事が来た。

「万事了解した。こちらでは英語ですべてが通じる。ただし条件が一つある。それはわれわれの情報と交換に赤軍派の情報を教えてほしい。赤軍派というのは、われわれが初めて聞く言葉なので解説が必要である。Red Army について教えてほしい」

という短い電文だった。

私は直ぐにＯＫを打電した。

翌日羽田からＴＷＡに乗り、バンコクに着き、近くのホテルに一泊した。

今はコンピューター時代で、簡単に済むことが、当時は一日かかった。

バンコクから、幾つかの経由地を経てテルアビブ空港に着いた。

驚いたことに、赤軍派が二十六人もの殺人をした事件の痕跡はまるでなかった。割れたガラス窓、ひっくり返った椅子など、一つも見当たらなかった。テロリストなどに屈するものかというイスラエル政府の意気込みを示しているように感じた。

入管の係員は、

「入国スタンプは省略をしておこうか」

と質問した。

アラブの国の多くがイスラエルという国家の存立を承認してしまった現在では考えられないことだが、当時の中東は「イスラエル総スカン」の情勢だった。ましてエルサレムに首都があり、西側諸国と国交のあることを無視し、互いにテロリストで殺し合いをしていた。

入管の職員が「入国スタンプを押さないでおこうか」と聞いたのは、オリベッティ・タイプライターを提げている私は、新聞記者だろう、アラブ諸国にも行くに違いないと素早く察して、私の便宜のためにスタンプ省略を申し出たのであろう。

だが私は、それを事前に察して、タイプライターの蓋の裏のポケットに、アラブ用パスポートを隠していた。

結局それを使わず、スタンプも押さず、イスラエルに入国した。

二十六人が殺された感情的なニュースが流れたそうだが、この立ち直りは、臨戦態勢のできているイスラエルの構えを窺《うかが》わせる素早い変身だった。

空港からクルマで、「イディオト・アハロノト」に行くと、待ってました、と迎えてくれた。

ホテルの予約もなく、ホテルにも行かず、とにかくこのヘブライ語新聞の編集部へ行ったのだった。

小さな工場のような、つまり印刷工場の上に、編集部がくっついた程度の建物で、新聞社の小さい看板が出ていた。

むろん待ってましたとばかり、二階の編集部へ招き入れられた。

社員はみな英語をしゃべり、会話するには何の不便もなかった。

編集部で、私は日本の新聞にすでに載っている情報をあらかたしゃべった。

全学連の発生から、新左翼の赤軍派の誕生、先鋭化、分裂、キャンパス襲撃、浅間山荘事件などを語り、返礼として、彼らは中東のテロ事情を語った。

「イディオト」の記者は、事件の起きた時、現場に居合わせたわけではない。ただ空港担当記者だから、全容を熟知していた。それを知りたい私にとって彼の話はもってこいの材料だった。

話に夢中になっていると、一階の印刷工場から、怒鳴りながら上がってきた作業着姿の男がいた。

工場長だ。編集長があわてて説明した。

私が編集長の隣りにあるパイプにタバコの吸殻を捨てていたのだが、それは工場へ原稿を送る送稿パイプだった。鉄のパイプを通って原稿ならぬタバコの吸殻が落ちてきたのである。怒って当然である。

私はあわてて工場長に謝り、煙草を消した。

対座したのは、「イディオト」紙の空港担当記者、相手は同じ新聞記者の私で、しかも、数か月前には軽井沢警察署を基地にした浅間山荘事件の報道に携わっていた者である。

情報は必要にして十分。十数分で終わった。私はタクシーでUPI通信テルアビブ支局へ行き、そこからテレックスで東京の「サンデー毎日」編集部へ打電送稿した。

今日なら、そのすべてがほんの数分間で終り、情報は東京の受け手の手許へ届くであろう。

五十年近い昔でも以上のことは四十数時間ですべてが完了した。その間取材に来ているはずの日本の新聞記者には一人も会わなかった。私は自分の手柄に少し酔った頭で、

「これが新聞報道というものか」と自問自祝した。

その夜は、料理店で東地中海を眺めながら、ひとり祝杯を挙げた。

テルアビブ事件で先行した報道をなお一歩進めようと、私は翌週旅客機でローマへ

行った。

テルアビブで聞いていたホテルを訪ねて、

「この間、赤軍派が泊まったホテルか」

「そうだ」

「部屋はあるか」

「ある」

「今回は俺がチェックインしたい」

そういう訳で私はたちまちローマの旅人となって赤軍派の後塵を拝した。

観光客のあまり行かない「四つの泉通り」に面したホテルで、大通りへ出たところで、ふと顔を上げると、見えるのは、モダンなローマの終着駅の偉容だった（ジェニファー・ジョーンズとモンゴメリー・クリフトが哀切な別れを演じた米伊合作映画「終着駅」の舞台である）。

ホテルに戻り、宿帳はあるかときくと、取り出して見せた。テルアビブで持参した自爆用の手榴弾が不発になり、イスラエル軍警に捕まった岡本公三と残る二人（テルアビブでイスラエル守備隊の応戦によって死亡）の奥平剛士、安田安之の名もあった。日本人が行くホテルの半額ぐらいの目立たないホテルだった。

ローマに行く前に、このテルアビブ事件を担当する弁護士の名が発表され新聞に載った。「敏腕」という形容詞がついていた。

私は、ホテルの電話番号簿で番号を探し、直ぐに面会の約束を取り付けた。タクシーの運転手も直ぐにみつけてくれた。

私は数分以内に担当弁護士と対座していた。

「こんな依頼人は初めてだ」

と弁護士は両手を広げて、お手上げの仕草をして見せた。

「私は普通アラブ人の容疑者を弁護している。容疑者はなんとかして罪を軽くしよう、一か月でも早く解放されようと、いろんな口実を使う。だが今回の日本人は逆だ。『自分が殺したことに間違いありません。早く死刑にしてください』とずっと主張しているのだ。死刑を希望する依頼人など初めてだ」と言って笑った。

そこへ表のベルが鳴り、「週刊新潮」ですが、と日本人が入ってきた。週刊誌で外国人を担当する有名な記者だった。

私は、「どうぞ、お入りください。私はいいですよ」と言って、二人で椅子に座り直し、インタビューを続けた。

到着しているはずの日本人新聞記者は一人も顔を見せなかった。大使館の記者クラブの皆さんは取材の正道に従っておられるのだろう。それでは遅いし、他紙との違いはない。なぜそういうことになるのか、記者クラブに属していない私（週刊誌記者）には想像もできなかった。

日本文学者ドナルド・キーン氏は、こんな話をしたことがある。

あれは太平洋戦争のソロモン諸島での作戦で、戦争全体の勝敗はまだ決まっていなかった。

私は日本軍兵士が家族に宛てた私信を拾い上げて読む仕事を任された。

その中には「アジアの平和」「永遠の命に繋がるかと思うと満足です」といった文

句が散見された。

時々アメリカ兵の故郷へ送る手紙を読まされることもあった。「ママのつくったアップルパイを食べたい」といった他愛ない記述のものが多かった。

あちこちの陣地のなかには玉砕した日本軍兵士の手紙もあったが、それらを読みながら、私は正直なところ、この戦争に勝つ資格があるのは、アメリカより日本ではないか、と思うに至った。

これは数十年経ってから、私が得たキーン氏の述懐である。

夜が更け、話すことも尽き、断片的な思い出を語っている時だった。

私は、日本の兵士が皆東洋永遠の平和を願いながら死んだとは思わないが、飾り気なしにその程度のことは書くだろう、それは当時の日本人の心に沁み込んだ思想だったと思わずに居られなかった。この思想と決意は日本人の心にずうっと昔からあった。

例えば、森鷗外『阿部一族』のなかにも沁み込んでいる思想ではないだろうか。

どちらに与《くみ》するとは言えないが、そう感じずには居られなかった。

テルアビブ事件の岡本公三も、彼の信じた大義のために、自己の命を軽んじたのである。

動機が行動を浄化する。その精神構造は日本人が、「百歳以前」でも「百歳以後」でも、当分は持ち続けるだろうと、私は思った。

白い人々の病院

徳岡孝夫

今から三十年、いやもう少し前のゴルフの話である。

私はカリフォルニア大学サンフランシスコ校付属病院脳神経外科の待合室に座っていた。

一人の男が挨拶した。

「おはよう。昨日のナカジマは気の毒だった。君、あれをどう思う」

サンフランシスコの近郊で行われていたゴルフの大きな大会で、日本の中島常幸選手が打った十八番ホールの第二打が、フェアウェイの真ん中の大樹の枝の中に吸い込まれた。

何千人というギャラリーが球が枝の間に消えるのを見ていたはずなのに、いくら探しても見当たらない。この一打をどう処理するか、審判団もギャラリーも揉めに揉めた。結局どうなったか、今となっては覚えていないが、中島常幸には不運な一打だった。

「昨日の一打を見たか。あんな気の毒な選手は見たことがない」
男はそう言い、私も適当に相槌《あいづち》を打った。

　まもなく私の名が先客より先に呼ばれた。

　ドクター・チャールス・ウィルソンは、横浜の病院が書いた英文の診断書を熟読してから、

「今日は診察はできない。とにかく先ずＭＲＩ（磁気共鳴画像装置）を撮ってください」

　と簡単に言った。

　私はそれよりもウィルソン博士が白い上っ張りを着ず、背広にネクタイを締めた姿なのに強い印象を受けた。

　博士の横に若い東洋人の男が立っていた。ベトナム戦争取材の経験があったので、私は反射的に「ベトナム人だな」と早合点した。後で分かったが、この東洋人は私を

見て、「英語の上手いタイ人か、そこらだろう」と思ったそうである。だが彼は九州から研修に来ている日本のお医者さんだった。

主治医が上っ張りを着ていないのは、私にとって可成《かな》りのカルチャーショックだった。しかもウィルソン博士と私は、ほとんど膝を接せんばかりに座って、小さい声で話しているのである。私事を打ち明けているような格好だった。

その日の午後に出直してＭＲＩを撮ったと記憶している。

ＭＲＩ室に行こうとすると、相撲取りのような体格をした黒人の男性看護師が来て、私を背後から抱き上げ、車椅子に座らせた。

そのまま長い廊下をＭＲＩ室まで運ばれた。

私は、「車椅子でなくても私は歩ける」と抗議したが、相撲取りは、

「心配するな、It’s my job. これが俺の仕事だ」

と言って軽くウインクした。

彼以外には病院に黒人の姿は見なかった。日本とアメリカ両国の病院の間に、可成りのカルチャーギャップがあることを、私は叩きこまれた。

日本の一般の病院には、まだＭＲＩ装置はなかった。横浜の病院にもその設備がまだなかった時代のことである（東京の東芝中央病院にはあったが）。

だが一体私は何の用があってサンフランシスコの病院診察室にいたのか。それを語ろうと思えば、盲目の座頭沢市の哀れな物語、壺坂霊験記を語らねばならないので、ここではくどくどと申し上げない。

二年前の一九八五年、五十五歳、新聞社を定年になった私は、クルマを運転していて、信号が見えにくいのに驚いた。

右眼を閉じて見ると、盲目である。

これはいかんと思って、横浜のニュータウンにある総合病院に行って、眼科から脳神経外科に回され、

「これは手術をしなければならない」

の宣告を受けた。

五十五歳の定年は、それ以後の生活が長い。定年以後をどう暮らすか。その余生設

計だが、当時は、どうすべきか、途方にくれた。

すでに日本人の余命は長くなりかけている。死を待っていては海図のない航海に旅立つようなもので、人生に目的も何もなくなる。かといって、右眼失明左眼薄明という状態では、「書いて暮らす」というボンヤリした未来設計も成り立たない。折柄《おりから》校正刷りが出来上がったばかりのライシャワー大使の自叙伝（拙訳）を前にして、私は呆然となった。

とにかくその病院に入院して、脳外科の手術を受けた。失敗とは言えないが、私の視力は回復しなかった。視力はと問われれば、読めない、書けない、という状態だった。

その時、「毎日」から「産経」に移った古森義久が助け舟を出した。

古森夫人（アメリカ人）は弁護士で、東京で仕事をしている。その交友に厚生省（当時）の顧問をしているアメリカ人女性がいる。

その女性に、アメリカの脳神経外科の敏腕医を探してもらおう、という提案である。

妻の運転で自宅に帰った私は、プラスとマイナスを勘案して、その救いに頼る以外に手はないことに気付いた。

間もなく、古森夫人から連絡があった。脳外科の専門医で腕利きの人がアメリカに三人いる。そのうちで性格のいい人はこの人だけだと、言うのである。それがチャールス・ウィルソン医師だった。

私は、「ウィルソンスタインか何か、ドイツ語の名前なら信用が置けるがなあ」と冗談を言った。

そのウィルソン医師を頼ってサンフランシスコへ行く決心をした。

診察後、入院しなければならないだろうから、英語のできない妻は連れて行かなかった。

向こうで入院を告知されれば誰か付き添いを雇うツテは、病院にあるだろうと推測した。

飛行機に乗る視力は辛うじてある。私はサンフランシスコへ出発したのだった。

相撲取りと見紛う看護師に横抱きにされて台の上に寝かされ、ＭＲＩに押し込まれながら、私は考えた。

なぜサンフランシスコくんだりまで来て、診察を受けなければならないのか。日本の医療も相当に進んでいるはずだ。なぜ高い金を払って、妻子を日本に残してここまで出て来たのか。

私は、一九六〇年に一度サンフランシスコに来たことがある。大阪でサツ廻りをしていた時代、天文学的競争率のフルブライト留学生試験（大阪から三人）に通ってハワイに行ったのが最初の渡米で、「憧れのハワイ航路」で行き、ハワイ大学の学生寮に泊まって五週間、向こうの大学の仕組みから、アメリカの見学すべき場所、風呂のはいり方など詳しく教えられた。そして、汽船でサンフランシスコに着いたのが、（ハワイは別として）私のアメリカへの第一歩だった。

だが、それから二十数年、サンフランシスコはヒッピー発祥の街との異名を取っていたが、それ以外にもダシール・ハメット（『マルタの鷹』）をはじめ、旭屋書店で買ったペーパーバックによってシスコに精通した以外には特に縁はなかった。

サンフランシスコといえば、日本にとって非常に大事な米国との接点である。幕末に渡米者が訪れた時、シスコはまだ大陸横断鉄道が完成せず、当時のアメリカ合衆国は世界の大国になるには程遠い有様だった。

振り返ってみると、サンフランシスコの魅力は、まだ数十年後の私の胸の中で燃えている。オペラハウス（日本が講和条約に調印した場所）や魚市場（フィッシャーマンズ・ワーフ）、ケーブルカーだけの魅力ではない。歌にも「I left my heart in San Francisco」（邦題「想い出のサンフランシスコ」）というように、アメリカ大陸への第一歩という興奮のある街である。

最初の渡米から二十七年、実はサンフランシスコは行きたくて行きたくて仕方なかった街だった。

旅先のホテルなど即決、ベトナム戦線の取材、テト攻勢の取材では、東西混合、男女混合、土の上に寝袋で寝た私なので、このサンフランシスコ行きも宿泊所は行ってからの事にしていた。診察に行くと決まってから病院の交換台で、モンテクリストというB&Bを聞いて、電話すると、オーナーが出て、

「女四人の小さなホテルよ。朝食に、スコーンを焼いてあげるんだけど、食べる？」

というザックバランな返事だった。もちろん同意した。

「支払いはどうする？」

「アメリカン・エクスプレス」

「あっ、そう。ナンバーは」と聞くので、ポケットからアメックスのカードを出して読もうとしたが、私の目ではよく分からない。

「自分で自分のカードの番号が読めないよ。大体読めるようなら病院へ行かないよ」

ホテルのオーナーも、

「それはそうね、だったらいいわ。何日の何時ごろ来る？」

とあっさりと受け入れてくれた。

つまり、私の流儀は、即断即決、後悔は後でするもの、という方針である。

脳の手術、という危ない橋を渡るときも、自分の本能で決めるというのが、私のいつもの癖だった。

ともかく出発した。

病院を出てタクシーに乗ると、カリフォルニア大学サンフランシスコ校付属病院から遠くない街角の目印にもなる赤い二階建てだった。

夜になって、

「近くにタイ料理屋があるわ。行ってみたら」

というので、歩いて行った。

うまい具合に、レストランのママはタイ人だった。私は三年間のバンコク滞在経験もあるので、タイ語の数字ぐらいは話せた。

ママは喜んでタイの話をしまくり、料理も奮発してくれた。

居心地のいいホテルと食堂を得て、私は安心した。

二日目もウィルソン先生の部屋に通された。

例によって書斎から出てきたかと思うような服装で、私をデスクの横に座らせて、何か打ち明け話でもするような調子で会話をした。

前日撮影したMRIについていろいろと患者に理解できるような話をしてくれたが、あまり放射線治療に関係するような話はなかった。

私はそれから毎日病院に通った。

毎回、だだっ広い待合室で何時間も待たされるというような日本の病院と同じ儀式はここではなかった。

一日だけ、放射線治療の専門家と脳外科の教授の二人が私を誘って、教授用のカフェテリアのようなところに連れて行き、立ったままコーヒーを飲みつつ私の病状の話をした。

放射線の先生が、

「日本の病院だろう。ＭＲＩを買う九億円ぐらいの金が払えないのかね」

と皮肉な笑いを噛み殺しながら言った。

この二人の医者は、後に日本で開かれた国際医学会にゲストスピーカーとして招かれた人たちだった。

私は、ウィルソン先生の診察、二教授との会話をすべて記憶し、帰ってから後に『薄明の淵に落ちて』という本に記述したが、その本の内容を忘失したため詳しく語ることができない。

とにかく二人の教授は、診察というより、私と会話を楽しむ程度の〝診察〟だった。

四日目か五日目だったと思う。珍しく、

「ウィルソン先生は手術中です。待合室でお待ちください」

と助手のような青年に言われ、私は手術室の隣りの小部屋に座って一時間ほど待った。

ドアが開いて、ウィルソン先生が手術室から出てきた。

「座りたまえ」

と言って、私を手近の椅子に座らせた。

その先生の姿は、形容は悪いが、ゴリラか生きているベン・ケーシー（日本でも人気のあった六〇年代の米テレビドラマの主人公の脳神経外科医）が出てきて私の前に座ったような感じだった。私は先生の姿を見て、「手術って疲れるんだなあ」と痛感した。

ウィルソン先生はさすがに手術着を着て帽子を被り、外科医らしい服装をしていた。

「あなたのＭＲＩは読んだ。これ以上サンフランシスコに留まっても、この病院では何もしてあげられることはない。あなたは、独りで日本からここまで来られたのだから、今後気をつけて、長生きするようにしてください。この病院であなたのためにしてあげられることはもう何もない」

私はウィルソン先生に会釈して小部屋を出た。

一階に戻り、会計の若い女性の前に立った。病院の中で、MRI撮影用のベッドに寝かせてくれた相撲取りのような男と、ここに座っている黒人の女性、私がカリフォルニア大学サンフランシスコ校付属病院で会った、それがたった二人だけの黒人だった。

病院のどこにも、「黒人お断り」などとは書いてない。もし書けば、アメリカ合衆国憲法違反である。だが、現実には見たところ他には一人もいない。東洋人は、初日に会った日本人のお医者さん以外には一人もいない。どこにも何も書いてないが、実際は完全な白人社会の病院だった。日本人の医者と私は、いわば「名誉白人」だったのだろう。

あなたは、自分の力でサンフランシスコへ来たのだ。頑張って生きて行ってください。

というウィルソン先生の別れの言葉を信じて、私は、それから三十年ほどを過ごし、幸い交通事故に遭うこともなく、薄明の老人として「百歳以前」の生活を送っている。老健のデイサービスに行って、お風呂ですよ、と言われると、服を脱いで準備をし、風呂に入って、出て、タオルで拭いてもらうが、それ以上のことはこの視力ではできない。三十年ほどの間に、私の眼疾は徐々に進み、片眼だけだった薄明が両眼の病気になった。しかし、九十歳を超えた老人にとって、この程度は当たり前の病状進行に過ぎないだろう。

私はあっさり諦め、これを書く間も、一日一日を静かに暮らしている。

眼鏡が見つからない

土井荘平

令和三年三月一日記

家の中のどこかに眼鏡を置き忘れ、一週間を過ぎたが、どうしても見つけられない。

大体私は、眼鏡を外す機会が殆んどない最近の暮らしである。

遠近両用なので、常時掛けていて、遠方も見れば、手許の新聞もそのまま読んでいた。

従って、外すのは、寝るとき、入浴時、顔を洗うとき、に限られる。

それがある日、行方不明になった。

どこかで外して置いたのであろうが、ベッド周り、洗面所、入浴時の脱衣所、さらに浴室の中をも探したが、見当たらない。

それから私は家中のあちこちを必死で探しているのだが、まだ見つからない。

何かの拍子に外して、そこらへひょいと置いたに違いないのだが、一体どこへ置いたのだろうか。

前述したように、外せば不自由だから、外したまま一日たりとも過ごした筈はない。だから置き忘れた日は特定できる。その日何をしたかを思い出せば眼鏡を置いた場所が分かる。しかし翌日すでにその記憶はなかった。そのうちひょっとして思い出すかもしれないと思ったのだが、一週間何も思い出せずに過ぎてしまった。今となっては一週間前の日の行動はまったく記憶から消えたままである。

その日外出した記憶はない。だがもし外出したとしても、最近の私は、週一回の老健のデイサービス以外は買い物だけである。どちらでも眼鏡を外す機会はない。唯一あるのは、デイサービスの昼寝のときだが、起きた後、眼鏡を掛けないで過ごすことは有りえない。

従って、眼鏡は家の中のどこかにある。

そう思うのだが、どこを探せばいいのか途方に暮れた。

私は今マンションの３ＬＤＫに独りで住んでいるのだが、殆ど一部屋のみで暮らしている。ベッドもその部屋に持ち込んでいて、他の部屋は死んだ女房の衣類やら何やらの荷物置き場になっていて、たまにしか出入りしない。それでも、何かの用事でどこかの部屋に行き、そこで眼鏡を外したということも考えて捜してみているのだが、見つからない。

一つ前の眼鏡はあり、今もその眼鏡でこの原稿を入力しており、老眼が進んでいるので少し不便だが何とかなる。その間に見つけ出したい。眼鏡を新調したら見つかった、となっては悔しいので、新調はまだせずに捜そうと思っている。

勿論若い頃にも、どこかに何かを置き忘れる、ということがなかったわけではない。しかし、今回は少し様相が違う、ということが気になり始めている。

というのは、眼鏡がないと気付いたのは、おそらく置き忘れた翌日であったにも拘《かか》わらず、その前日の自分の行動が思い出せなかったのだ。外した眼鏡をいつもの場所に置いていないということは、何か特別な眼鏡を外す行動をしたはずなのだが、それが思い出せない。何日経っても思い出せない。

例えば、頭からかぶって着るセーターを着た。その時眼鏡を外したかもしれない。それなら簞笥《たんす》を置いてある部屋へ行ったはず、と推察できるのだが、そうした特別なことをした心当たりが全くないのだった。

それどころか、その日何をしたかが全く記憶にないのだった。

それがふと不気味だった。医学的なことは全然知識がないのだが、ひょっとして認知症の症状ではないか、と気になり始めている。

というのは、私は、二年半前に亡くした妻が老いて行くプロセスをまのあたりにしてきた。息を引き取る一月ぐらい前には私が誰であるのかも分からなくなっているようだった。

その妻がおかしいと気になりはじめた頃、今から七、八年前のことだが、似たことが妻に度々《たびたび》起こったのだった。

入れ歯（総入れ歯）を度々どこかに置き忘れ、いつもの置き場所ではないところで見つけたことを繰り返した挙句、とうとう見つからず、仕方なくまた作ってもらったのだが、後日私がとんでもない場所で見つけた。それは今使っていない財布や小物入れなどが詰まっていた簞笥の小引出しだった。

そしてある日、考えられないことが起こった。二週間毎《ごと》に、私と一緒にかかりつけ医に通っていたのだが、その処方薬の袋、何種類も処方されていたので、かなり大きい袋で、いつもテーブルの上に置いていたのが、忽然《こつぜん》となくなってしまった。私も同じ卓上に私の薬を置いていたので、間違いなく昨日まではあった。それが行方不明になった。

本人には何の記憶もない。他へ持って行く必要があったとは思えない。彼女に何のストーリーの記憶もないまま、私も一緒にあちこち捜し回った。どうしても見つけられず、医院に行って再度処方してもらった。

数日後、私がその薬袋を、洋服ダンスの中で見付けた。

置き忘れ、ということは誰でも起こす。しかし薬を態々《わざわざ》いつも置いている居間のテーブルの上から、洋服ダンスを置いている別の部屋へ持って行き、それを洋服ダンスの中へ入れるには、何かのストーリーがなくてはならない。そのストーリーを、妻はどうしても思い出せないと言う。

二人でいろいろ考えたが、納得のいく理由を思いつくことはできなかった。

これは、かかりつけ医（内科医）と話して紹介状をもらい、病院の「物忘れ外来」か、神経科へ連れて行ったほうがいいかな、しかし、妻に何と言ったら行ってくれるかな、と思い始めた。

その時、ある雑誌で、亡くなった某有名女流歌人の夫が彼女の晩年の有様を書いているのを読んだ。何度も奇矯な振舞いのあった彼女の、そんな行動の原因が睡眠薬の副作用だったと記していた。

その文中に、ある睡眠薬の名を見つけて、おやっ、と思って読みはじめたのだった。その薬は妻の常用の睡眠導入剤だった。

妻は「耳鳴り」に苦しんでおり、睡眠剤なしには過ごせなくなっていたのだった。

私は次の診察日に医者に相談しようと思ったが、その前にちょっと調べてみようと、電子辞書で引いてみると、『医者からもらった薬がわかる本』で直ぐ見つけた。

その名のものを含む系統の睡眠剤の項に、次のような記述があった。

「警告　入眠までの、あるいは中途覚醒時の出来事を記憶していないことがあるので注意してください」「服用法　不眠症の改善に本剤を服用するときは、就寝の直前に服用してください。睡眠時間が不十分だったり、睡眠の途中に一時的に起床して仕事などを行うと健忘（物忘れ）が現れることがあります」「重大な副作用（の一つとして）一過性の前向性健忘（前のことを覚えていない）やもうろう状態がおこることがあります」

これだと思った。その睡眠薬を服《の》むと気分が良くなる、と言って、妻は服用後に立って行ってキッチンなどで何かをしていることがよくあったのだった。

かかりつけ医に相談し、違った系統の睡眠剤に変えてもらった。

私は、妻の物忘れがその睡眠薬の副作用であることを願った。それならば治る、そう思ったからだった。

だが、残念ながら、薬を変えても、物忘れのひどくなるのは止まらなかった。

妻の「物忘れ」の深化は、老化によるのだと思わざるを得なかった。

私には、そんな経験があるのだった。

私の「物忘れ」、眼鏡事件の日のことの記憶がないのは、脳の老化の証左だという、眼鏡が見つからないなどという些事ではない、重大な兆候だという心配が芽生えたのだった。

九十一歳、脳の老化は当然のことである。呆ける、ということは「限りある命」ということを知っている人間という生き物にとっては、むしろ幸せなことなのかもしれない、とも思う。呆ければ、「有限の生命への恐怖」も忘れるのではないか、とも思うからである。

創造主なる神が、人間の救いのために「呆ける」よう創り給うた、のかも知れない。私が、呆ける前に病気で死ぬか。命永らえて呆けて老衰死をするか。自分の終わり方は未だ分からない。もうそう遠くないにも拘わらずである。

こんなことを考えてしまうのも「百歳以前」のせいだろうか。とりあえずは、脳の老化を遅らせるために、(有効かどうかは分からないが)脳を働かせ続けよう。想像の世界、バーチャルの世界にも遊ぼう。そして、このような日記風の書きものをも書き続けよう。

政治家の表と裏

徳岡孝夫

国家枢要の地位にある政治家や高級官僚が重要な文書に署名した、または宴席で発言した、という「政治的行動」は、ふつう新聞社では政治部の管轄になるが、時にはネタが社会部にこぼれてくることもある。

言った、言わない、で揉める例は、最近の日本でもあったが、私が関係したのは、一九六二年に経験したロバート・ケネディ米司法長官来日時の、ある「政治的発言」に関わるものである。

その時ロバート・ケネディ（J・F・ケネディの弟）は、三十代で司法長官になり、兄ケネディ大統領の政策は弟が決めている、と評判が立つほどの仕事師だった。

そのロバート・ケネディが日本政府とロバート・ケネディ夫妻歓迎日本青年委員会の招請で来日するという催しだが、そうはいってもホワイトハウスにも直接結びつく重要な動きだった。

大阪社会部の記者だった私は、関西でのロバートの動きを取材する任務を与えられた。大阪府の香里《こうり》団地の視察など、ぎっしり詰まった日程を、ロバート・ケネディは精力的にこなしていた。私は京都・岡崎の友人宅に泊まり、翌朝早くケネディ氏の宿舎である都ホテルに行った。

驚いたことに米大使館の練達の通訳である西山千氏は酷使されたため声が出なくなり、通訳不能になっていた。

代役を務めたのはライシャワー駐日大使だった。日本語は達者だが、通訳には少し食い足りない。ライシャワー氏も記者団もいらいらしていた。その時問題になっていたのは東京赤坂で行われた非公式の会合で、田中角栄自民党政調会長がした発言だった。

細部は覚えていないが、その席で、田中氏は、「沖縄返還は急務の問題である。日本政府にアメリカ政府は、沖縄返還と引き替えに憲法第九条の改正を要求してはどうか」と提案した。

当時憲法第九条は、「神の声」のようにあがめられ、その改正は、口にしただけで問題になるタブーだった。

会合の内容は公開しない、政治的意味も持たないと約束していたにもかかわらず、この発言が出たことは大問題になった。

「自民党には憲法改正の用意がある」と攻撃されれば防ぎようのない発言だった。日本の池田政権は「そんな発言はしていない」で突っぱねた。

運の悪いことに東京の某民放がその会合の全容をテープに録音していた。「自民党政調会長は憲法改正を口にした。ケシカラン」と世論に火がついた。政府は火消しに懸命になったが、なればなるほど疑惑は深まった。

その時、ロバート・ケネディ司法長官は、東京、京都の日程を終え、大阪府下の住宅団地、農業協同組合の視察の後、伊丹空港から東京経由で離日する予定で、一時間もゆるがせにできない日程が詰まっていた。

都ホテルへ着いた私に、ケネディ司法長官は田中発言を聞いたのか、どう答えたのだろう、取材して送れ、と大阪社会部から命令がきた。

だが、ライシャワー大使に問うのも憚られる。通訳は声が出ないし、私は、関西での日程の最後の農協視察が唯一の機会だと思った。

ケネディ司法長官は農協の説明を聞き、ライシャワー大使の通訳で主要な予定を終了し、伊丹空港へ行くマイクロバスに乗った。

そのバスには、青年委員会のメンバー以外は乗ってはならない約束になっていたので、記者たちは皆それぞれの社のクルマに乗って行列をつくり、伊丹空港へ急いだ。

だが、バスに乗る前、私はそっと、「ちょっと質問したいことがありますので」と断わって、ケネディ氏の乗っているマイクロバスに乗った。

他社の記者は一人も乗っていなかった。バスが動き出したところで、私は前の方に座っているケネディ氏の肩を叩いて、

「約束違反だが、私は新聞記者で、さっきの農協からこのバスに乗りました。一つ質問したいことがありますが、よろしいか」

と問うた。

ケネディ氏は、「いいとも」と答え、自分の隣の席を指さした。

私はそこで少し上気しながら、

「今日本で、田中氏の発言が問題になっている。重大なタブーです。田中氏はそういう発言をしましたか」

と問うた。

バスの外を、万里の長城のような黒い影が横切っていたのを覚えている。それは建設中の名神高速道路だった。

私は手短に、田中発言とそれが巻き起こしている騒ぎを説明し、ケネディ氏に問うた。

「ミスター田中は、そういう発言をしましたか」

ケネディ氏は考えるまでもなく、

「私はそんな発言は聞いていない」

と言下に否定した。

「そのご発言を、あなたの言として記事にしてもよろしいか」

と念を押すと、

「勿論だ」とはっきりした返事だった。

それだけ聞けば十分である。私は後部座席に移り、今聞いてきたことを短い記事にした。

伊丹空港に着くと、私は見送りの人々に挨拶しているケネディ氏を尻目に電話機に走り、自分の原稿を電話で送った。

一本取った、という手ごたえがあった。他社の記者が誰も乗っていないマイクロバスの中で、ケネディ氏は、田中氏が発言したかどうかに関わりなく自分が聞いたことを否定したのである。これで東京での与野党の騒ぎは解決する。そんな手応えがあった。

空港に着いたケネディ氏は駆け足でタラップに向かい、タラップを上がって、大阪の見送り人に手を振った。

私は社のクルマで堂島の毎日新聞へ戻り、裏門から入って社会部の席へ行こうとした。

「おい、トクオカ」

と編集局長に呼ばれた。

一記者が局長に呼ばれることなど、めったにない大事である。

「はあ」と答えて畏《かしこ》まると、

「よくやった。しかし、君の原稿はボツだ」

局長は微笑をこめた声で、そう言った。

「はァッ」と私は不審を消せず、だがそれ以上反問する力もなく社会部へ戻って座った。

同僚に聞くと、東京での、言った言わないの出来事は、結局、「憲法改正の発言は遺憾だった」ということになって、与野党が決着した。いまさら、言わなかったとがんばれれば、日本政府が困るのだろうと誰かが説明してくれた。火消しをするのに誰かが相当の金を出したのだろうと言う。

私はそれでも納得できず、なんだか割り切れない気持ちを抱えたまま外の景色を眺めた。

その時から私は、政治というものは、あったことをない、なかったことをある、とする力があるものだと考えずにいることができなくなった。

政治というものは恐ろしい。時と場合によっては、都合のいい方に事実を動かすものだ。言葉で言ったことが動くのなら、文書にしたことも動きかねないだろう。しかし、そういう力を持った政治があるからこそ、政治家が必要になるのだ。

そういう役目を果たす人々は、社会部的には許せないが、国家の未来を考えれば、発言しなかったことにした方がいい場合もないわけではない。

政治というのはこういうものだ。こういうこともある意味では必要なのかもしれないと、それ以後私は思い続けている。

「孤独」ということ

土井荘平

令和三年三月三日記

前にメガネが見つからない、ということについて、不安な心境を延々と書いたが、今日、簡単に解決してしまった。

週一で来て掃除をしてくれる介護ヘルパーさんの一言だった。

「メガネ、こんなところにあったわよ」

「えっ、どこで見つけた？」

「どこって、ここ、テーブルの下よ。掃除しようと、この新聞をどけたら、転がってたわよ」

「良かったぁ、見つけてくれて」

「見つけるも何も、テーブルの上に置いてあったメガネがなんかの拍子に落ちて、その上にこの新聞が乗ってたんじゃないの。先週来た時、このテーブルの下、掃いたけど、その時は何もなかったわよ。それから、メガネがテーブルから下へ落ちたのに気付かないで、その上にこの新聞を落としたのよ、きっと」

「一週間、あちこち捜しても見つからないので気が滅入ってたんだよ。良かったぁ」

よかったぁ！　とオーバーな喜びようになってしまったが、それはメガネがあったという単純な喜びではなく、メガネをどこかへ持っていって置き忘れた、その行動をまったく思い出せず、認知症が進んでいるのではないかと案じていたのだが、そうではなかった。行動を思い出せないのは当然で、何の特別な行動もしていなかったと分かっての安堵だった。

一部屋だけで生活する独り暮らし、ダイニングテーブルを今、机としても使っている。資料をあちこちに広げて、パソコンに向かっているのだが、あの頃、パソコンがフリーズ（という言葉が当たっているのかどうか知らないが）して、まったく立ち上がらなくなった。録音したものを早く文字にしておかないといけない。

仕方なく今のパソコンの横に、古いウインドウズ7のパソコンを出してきて並べ、その古いパソコンで作業をはじめたのだったが、その際、パソコンを二台テーブルの上に置いたので、資料をどかした。その時にテーブルの上に置いていたメガネが落ちたのに気がつかず、そのメガネの上に新聞が乗ってしまったのであろう。

メガネの件は、これにて一件落着、でホッとした。

テーブルの下なら、いつかは見つけたであろうが、それにしても、ヘルパーさんに大感謝である。

このヘルパーさんに来ていただくようになって五、六年になる。

妻が家事ができなくなって、寝転んでいることが多くなった頃、福祉事務所へお願いして来てもらうようになったのだが、その頃家の中はまるでゴミ屋敷みたいになっていた。その状態を知っているヘルパーさんなので、散らかす家だとはよく知っている。

それから妻を看取るまでそのヘルパーさんには大変お世話になり、引き続き私独りの家の面倒を見てもらっている。

寝たきりになって身動きできない人の介護は大変な仕事である。オムツ替え一つとっても、とうてい私一人の手に負えない。主としてそのために毎日朝晩二回、ヘルパーさんが同じ事務所から入れ代わり立ち代わり来てくれた。

そんな介護の苦労については、それが報いられることのない虚《むな》しい大変なことなのは、経験した多くの人が書いておられるから、ここではくどくどと書かないことにするが、ただどうしても書いておきたいことがある。

一つは、妻の転倒と認知症の関わりのことである。

妻は自宅で転倒し救急車で病院へ運ばれたのだが、診断は全身打撲で幸い骨折ではなかった。だが、打撲だったせいで入院させてもらえず、自宅療養となった。

ところが、その打撲の痛み（腰、背中、肩、脚など）が、トシのせいかなかなか治まらず、急遽リースで借りた介護ベッドから動けぬ状態になってしまった。

そんな寝返りも自力ではできぬ状態で過ごしているうちに、認知機能がみるみる衰えて行った。寝たきりと認知機能に何らかの相関関係があるとしか思えないのだが、私の妻だけの特異な現象だったのだろうか。

もう一つ、どうしても書いておきたいことがある。

そんなある日、私にとって衝撃的なことが起きた。起きたというより、気がついたのだが、妻が私が誰かを認識していないということに気がついたのだ。話しかけても、まるで他人を見るように見るのだ。ボクだよ、ボク、と言っても何の反応もない。

その瞬間、私は、名状しがたい孤独感に襲われた。

私も、このベッドの女性が誰だったのか、私にとっての誰だったのか、が分からなくなりそうな気がした。

介護の報われない苦労も、妻だからこそ耐えられる。できる事は何でもしてやろう。そう思ってきた。

しかし、彼女が私を認識していないと知った時、虚しさにひたひたと押し包まれていくような気がした。

と同時に、世界にたった独りでいる、という想いの中に沈み込んで行くようだった。

九十年近く生きてきて、「孤独」ということを最も強烈に感じた瞬間だった。

話はここで終りではありません。これだけなら、私は口にはせず、文章にも書かず、墓場まで持って行ったでしょう。

この話にはまだ続きがあります。それから十日ほど経った後でした。私は「孤独」と「虚しさ」を抱えながら、それでも、物を食べなくなった妻に栄養飲料を飲ませようと試みる毎日で、主治医から打診のあった「胃ろう」をつくって栄養を取らせることに同意し、自宅での胃ろう療養について病院との打ち合わせを進めてもらっていたのですが、栄養飲料をつくっていた時、突然、妻の声を聞いたのです。

「ゴメンね、あなた」

「何を言ってるんだ、夫婦じゃないか」

思わず言って、見た妻の顔は、正気、に見えた。

何としてでも元気にしてやる。興奮気味に決心した私から、あれ以来のどうしようもなかった「孤独感」が消えていた。

だが、翌日から妻の意識がなくなった。二度と意識が戻らぬまま、数日後、妻は旅立った。

あの「ゴメンね」は、妻の別れの言葉だったのか。

三島由紀夫のこと

徳岡孝夫

古くからの友人である奈良女子大教授から「ドナルド・キーンさんがうちの大学へ来て講演するので君も来て、ついでに円照寺《えんしょうじ》へ行ってみてはどうか。三島の『天人五衰』にでてくるあの尼寺だよ」という電話があった。

遠い記憶だし私は視力を失ってしまったので記録を見ることもできず多くをおぼえていないが、三島さんが死んでから一年ぐらい後の会話だったと思う。

小説の場面は、むろん明瞭におぼえている。第一巻の『春の雪』で松枝清顕《まつがえきよあき》と性の交わりがあって身籠った子供は堕胎させられ、やんごとなき方との縁が決まっていた綾倉聡子はそれを辞退して尼寺月修寺に入った。そのまま縁が切れて何十年が経った。そのモデルの尼寺をいっぺん見たいという気持ちが四部作の最終巻『天人五衰』を読み終わった、従って「豊饒の海」を完読した私の心の中にも兆《きざ》していた。

奈良女子大での講演を済ませたキーンさん、教授、私の三人は、帯解《おびとけ》駅という変わった名の駅からの道を歩いてその月修寺のモデルの円照寺へ向かった。安産祈願の幟《のぼり》を立てた帯解寺という寺があったが、人通りの少ない町だった。

崩し市松に組んだ敷石の参道を踏んで玄関に行ったが、折悪しく門跡はご不在とのことだった。寺域は尼寺にふさわしくひっそりと静まりかえっていた。執事から三島さんの取材に来たときの様子を聞いた。夏の盛りというのに、上着を着、正座してメモ帳に詳しく寺の様子を書いていて、「どうぞ楽にしてください」と頼んでも、「これでよいのです」と言って、脱ごうとしなかったという。障子を開くと『天人五衰』に書かれたとおりの南のお庭と北向きの小庭があった。

後に私はもう一度円照寺へ行きたくなって訪れている。奈良には私の母方・阪田家の菩提寺の徳融寺がある。私は妹絢子を呼び出し、奈良へ行った。幼い時に私たちを置いて世を去った母なので、その後も毎年のように徳融寺へ参詣している。徳融寺も中将姫伝説で有名な寺である。妹と私は墓参をすませてからクルマで円照寺へ向かった。徳融寺住職が円照寺まで同行してくれて、私たちは円照寺の中をゆっくりと拝観させてもらった。
円照寺門跡は華道の「山村御流」の家元ということで、臨済宗妙心寺派の尼寺なのだが、作中では法相宗《ほっそうしゅう》の月修寺に書き改められている。法相宗は南都六宗の一で、識以外の何物も存在しないという唯識論に基づいて興《おこ》った宗派だという。また作中に名前だけ出てくる帯解寺は由緒ある安産祈願の寺である。帯解とは安産により腹帯が解けるの意か。三島さんはこの安産祈願の寺が近くにある円照寺をあえて子を産めずに聡子が入る尼寺のモデルとして択《えら》んだのだろうか。それとも第一巻『春の雪』にでてくる密会の場での松枝清顕が聡子の帯を解く場面を思わす帯解なのか。

この寺のことは、私は三島さんの死から随分後まで知らなかった。四部作の最終作『天人五衰』が三島さんの死後に刊行されるまで気がつかなかった。ただし四部作の最終作に先立つ『暁の寺』の署名本を三島さんから自決の少し前に贈られた。私とバンコクにいたときには取材できなかった「薔薇宮」がまるで眼前にあるかのように再現されているのに驚いたが、小説全体は、唯識論の講義のような文章で、傑作とも思えなかった。

旧知の三島さんをバンコクでホテルに訪ねたのは、当時毎日新聞のバンコク特派員として駐在していた私に、本社から電報での取材要求があり、三島さんのノーベル賞受賞が決まった場合に備え、前もって当選の喜びの談話を欲しいと頼むためだった。三島さんは「そのことならA社からも話があったが断りました。去年予定談話を某社にしゃべりバツの悪い思いをしたので、今年は発表があるまで語らないことにさせてください」と断った。無理のないことである。

ただしノーベル賞か否かという三島さんの人生にとって大事が迫っている。小説のためのバンコクでの取材も終わった。何もすることがないが、日本で殺到する取材を避けるためにそのまま滞在し、ただ待っているのはさぞ淋しいだろう。私はそう思った。

支局の女性助手プイ・カモンラートさんに命じて、毎朝東京から届く一日前の朝刊と夕刊をホテルまで届けさせた。

プイさんは若い小柄なタイ女性で私の前任者が雇った人だった。某ロータリークラブの関係で数か月日本に滞在したことがあるとかで、たどたどしい日本語はしゃべるが英語はできず、日本から来る客の観光案内しかできないという弱点があった。プイさんは私からもらったお金でタクシーを止め毎朝三島さんの泊まっているエラワン・ホテルまで新聞を配達に行った。

三島さんは最初驚いたのだったが、「ミシマーサン、オキテマスカー」と声を掛けて新聞を持ってくるプイさんをよほど気に入ったらしく、「いい子だ。いい子だ。写真、とってください」と言って、ホテルのバルコニーで二人並んだところを撮影させた。「かならず送ってください。私の住所は……」と言うので、私は「三島由紀夫の住所くらい新聞記者は知ってますよ」と言って笑った。このプイさんは小説中の月光姫《ジン・ジャン》に投影されていると私は思っている。巷間ジン・ジャンのモデルとしてあるタイ人留学生が言われているが、「肩をすぼめ、顎を出し、首の埋め方もわびしげに、細い手首を高く上げてひらひらさせながら喋る」(『暁の寺』)ジン・ジャンの姿には、プイさんの面影がある。彼女はよくそういう仕草をした。

これより三か月ほど前、バンコクへの赴任を前に、私は本棚を眺めて、どの本を持っていこうかと思案した。

そして、たった一冊だけならと、岩波の日本古典文学大系から『和漢朗詠集・梁塵《りょうじん》秘抄《ひしょう》』を抜き出してジュラルミンのスーツケースに入れた。妻が、「それ何の本」と問うので「平安時代のリーダーズダイジェストや」と説明した。バンコクは中国文化の一部である。本を開いてみると、白楽天の「長恨歌」の全文が収めてある。何かの役に立つときがあるだろう、と思って旅の準備に加えた。

三島さんのホテルの部屋を訪ねた時、本が一冊もないのを見て、さぞ手持ち無沙汰、淋しいだろうと思って、その本を貸した。東京へ帰る前の日、三島さんは「ありがとう。楽しませてもらいました」と言って『和漢朗詠集』を私に返した。本を返しただけの挨拶ではない満ち足りた口ぶりに感じた。

バンコクでの三島さんへの取材に関しては、拙著『五衰の人——三島由紀夫私記』(文藝春秋刊・新潮学芸賞受賞)に詳述しているので略すが、そのまま忘れていた。日本に帰任してからは三島さんに会っても一度も『和漢朗詠集』は話題にならなかった。

アッと叫んで気がついたのは、三島さん自決の翌日、朝刊に、彼が自決の日の朝、連載中の小説『天人五衰』最終回の原稿を新潮社の編集者に渡したという、その原稿の写真つきで出ていた記事を見たときだった。

天人五衰――その日の夜、家に帰って、三島さんから返してもらった『和漢朗詠集』を開くと、やはり思った通りだった。『朗詠集』下巻、無常の部にそれはあった。

> 生《しょう》ある者は必ず滅す　釈尊いまだ栴檀《せんだん》の煙を免かれたまはず　楽しみ尽きて哀しみ来《きた》る　天人もなほ五衰の日に逢へり

没後知ったが「豊饒の海」最終巻は「月蝕」になる予定だったという事実があった。「天人五衰」は、日本の古典の中にしばしば使われている。『平家物語』にも出てくるし、能の「巴」や「羽衣」にも出る。『近代能楽集』を書いた三島さんは、謡曲全集を座右に置いていた。だから、自分の貸した本を決して強調しようとは思わない。しかし私は今でも「月蝕」よりも「天人五衰」のほうが適切なタイトルだと思っている。

あの日――昭和四十五年十一月二十五日、三島さんは細部にいたるまで計画を立てその通りに実行した。ジャーナリストの私を市ヶ谷の東部方面総監部に呼び出すのもその一部だった。

切腹はおそらく最も苦痛に満ちた死に方で、それを彼はあえてした。短刀を腹に突き立てて彼はこの上もない満足を感じたことだろう。それを考えながら私は批評家が何と言っていようが、あれは「文士の自殺」だったと感じずにはいられない。

会者定離

土井荘平

【えしゃじょうり――出会った者はいつか必ず別れる運命にあるという、この世の無常を説いた仏教のことば】

令和三年三月十六日記

コロナ流行の関係で、三か月ほどケアマネの来宅がなかったのだが、今日久しぶりに来月のケアプラン作成のためにきてくれた。

その席上で、「若い人にバトンタッチしたい」という彼女の意向を聞いた。

あぁ、そうですか、と簡単に承知を言ったのだが、彼女が帰った後、ふとこれは、私にとって大変なことだと思い始めた。

彼女は私の介護に関する契約をしている介護老人保健施設に所属しており、その組織の中での昇進や異動はもちろんあるわけで、「K女との電話」のK女が、デイサービスに行っている老健の親しくしていた事務所の男性が他の仕事につくため退社すると告げられ、いいお友達だと思っていたのに淋しい、と言って、落ち込んだ声で電話してきたことがあった。

その時私は、何を言ってるの。デイに行ってる老健の事務所にいる職員で、あなたがデイに行ってる時に、いつもいろいろ話をしたり、優しくアテンドしてくれた、それだけのことでしょう。友達じゃないじゃない。職員と利用者の関係に過ぎないじゃないの。

その男の人にとっては、介護の仕事より、やりたい仕事が見つかって転職するんだよ、きっと。

その人にとっては、いいことなんだよ。世の中、よくあることじゃないの。

あなたがその男にどんな感情を持ってたかは知らないけど、その人にとっては、希望を持っての転職だと思うよ。

そうでしょう。会うは別れのはじめ、っていうでしょう。人生ってそういうもんじゃないの。別れと出会いを繰り返し、って歌の文句にもあるじゃないの。なんて利いた風な事を言った。落ち込んでいる彼女を慰めるというより、突き放したように言ったことがあった。もちろん彼女を別れの淋しさから脱却させようと、そういう風に言ったのだったが。

しかし、同じようなことが訪れると、「人生って」なんて考えて割り切れる単純な感情ではなかった。まして友達まがい、などの話ではなく、介護のケアマネとの別れである。

この五年近く、女房を介護し、看取る過程で、さらには女房の死後は、私自身の事と、ずっと世話になってきたケアマネだった。

妻の足が弱ってきていろいろと支障が起こるようになってきた時、介護保険の活用を思いついたが、それまでずうっと年金からの天引きで介護保険料を払ってきたものの、介護保険については、何の知識もなかった。

医療保険と違って、介護保険料を払って保険証を持っていても、いつでも直ぐに介護に使えるものではない、という位のことは知っていたが、どうしたらいいのか詳細についてはまったく知らず、知人に聞くと、電話帳でも見れば載っているから、住居の近くの「地域包括支援センター」に行って相談するのがいいと言う。そこは地域の高齢者のさまざまな相談に対応する役割を担っている所だ、と教えられて、近くの社協（社会福祉協議会）にあるセンターを訪ねた。

そこで介護保険の仕組み、利用の仕方について教えてもらい、利用するために先ず市役所へ申請して取らねばならない要介護認定の申請も代行してもらった（もちろん、市区町村の高齢者担当の窓口へ直接行ってもできる）。

そしてトータルの介護プランを作成してくれるケアマネージャー（介護支援専門員――公的資格）として、今の担当者を紹介してもらったのだった。

そのケアマネは関西出身の方だったこともあって、話しやすく、私としては彼女を頼っての妻の介護だった。

妻の老化のスピードが予想を超えて速く、いろんな未知の苦労に出遭ったが、そんな時、いつも相談に乗ってもらった。

妻が急性肺炎を起こして四十日間入院し、肺炎は治って退院できる状態になったが、認知症も進んでいたし、リハビリでも行動が回復せず、寝たきりの有様での退院で、病院の主治医からは、カウンセラーに言って適当な施設を探させましょうか、ご主人おひとりでの自宅での介護はたいへんですよ、と言われたが、家に帰りたい、帰りたい、が口癖で、自宅へ帰れると思っているに違いない妻を、施設に入れるのは忍びなかった。

私ひとりだけど、何とか自宅で介護したいと相談すると、分かりました、とケアマネがその手配をしてくれた。

退院前に、病院で一室を用意してもらって、ケアマネ主導でカンファレンス（会議）を開いてくれて、訪問医、訪問看護師、介護ヘルパーを派遣する社協の担当者、栄養士、介護器具のリース業者らを集めて、自宅での介護の段取りをすべて決めてもらった。

それからずうっと世話になってきたケアマネだった。

若いケアマネージャーに、いわばノレン分けをする、よくあることで、理性では納得して、「そうですか」と言ったのだが、彼女が帰った後、何か急に心細くなった。

ケアマネはもちろん彼女だけしか知らない。心のどこかで、今後もずうっと彼女の世話になって行くのだろうな、と決めていた気がする。そのケアマネに大袈裟《おおげさ》に言えば見捨てられた、という風な想いになった。

何日か前、訪問診療医の往診時、「私は三月までの契約なので、次回の四月からは別の先生が来ます」と帰り際に言われた。

前任の女医さんが産休入りで代わってまだ半年なのにまた代わるのか、と思って、四月からはどんな医者が来るのだろう、とちょっと不安もあった時に、今度はケアマネの交替を言われて、少し動揺していて、次第に気持ちが沈み込んで行く自分を感じた。

ヘルパーさんが来て、「年度末だからかなあ」とついそのことを話したら、

「私は代わらないわよ」と言い、

「事務所のQさんに言っておこうかなあ。あのケアマネさん、事務所から紹介されたんだもんね」との私の言葉に、

「電話して、『あなたは代わらないの？　ピチピチした若い子がいいんだけど』って、言っといたら」

とヘルパーさんは冗談を言って笑った。

私は直ぐに電話したが、Qさんは外出中だった。

ヘルパーさんが帰った後、しばらく経ってから、もう一度電話すると、帰社していたQさんは、

「あっ、今、電話しようと思ってたところ」

と調子のいい事を言う。それには構わず、

「ケアマネさん、四月から代わるんだよ。若い人にバトンタッチしたいんだって」

私の声が不安気だったのか。彼女は、

「お医者さんが代わろうが、ケアマネさんが代わろうが、全力でお支えします。私は代わらないわよ。若い子は隠しておきますから」

と言って笑った。

えっ、若い子がいい、なんて言ってないよ。さてはヘルパーさんの冗談が聞こえた

のかな、と思ったりしたが、

「ケアマネさんからあなたの方へ連絡があるだろうから、ボクから言わなくてもいいんだろうけど、あなたの声が聞きたくて電話したんだよ」

「私も、土井さんのお声、聞きたかったのよ」

上手に応答されて、つい笑ってしまい、それでも彼女に言いつけて、というか、告げて、何か少しホッとしている自分を感じた。

まあ、しょうがないなあ、ケアマネさんも組織の中の人なんだから。

「会者定離、会者定離」と呟いて、気を落ち着かせようとした。


しかし、主治医もケアマネも、来月から新しい人になる。主治医はもちろん引き継ぎで私の病状を知ったうえで来てくれるだろうが、それでも細かく説明せねばならない。

新しいケアマネにも、いろいろ話して知ってもらわねばならない。体の状態や経済的な状態、子や孫との今の状態、さらには日々の暮らしぶりも知ってもらわねばならない。

それにも増して、何とか単なる要介護者とケアマネというだけではない人間関係をつくるよう、また第一歩からはじめねばならない。そう思うと、しんどいなあ、億劫《おっくう》になってしまう九十一歳だが、しかし、何かの時に助けてもらうためには、必要不可欠な情報提供は避けて通れない。

訪問医、ケアマネ、だけでなく、訪問看護師、ヘルパーさん。それらの人たちは、仕事として割り切っての患者との対応、限度以上に感情的に踏み込まない事が、仕事をするうえで大切なのだろうが、私、患者または被介護者の方からいえば、少しでもその垣根を低くしてもらえるよう努める事が、日常を心安らかに暮らす智慧である。

いつ突然孤独死するかもしれない。市の緊急通報システムにも加入し、定期的に安否確認の電話を看護師がくれるし、緊急ベルを押せば警備保障会社へ繋がり、緊急通報先として登録してある息子、娘やマンションの管理人へ知らせる仕組みになっているが、ベルを押せない緊急事態に陥ることもある。

九十なんて見えない、お元気ですねえ、などと言われて、元気みたいなのは外見だけですよ。中身はもうボロボロ、と答えているのは、謙遜ではない。訪問医の「居宅療養管理指導書」には、次のような記載がある。

＊主病名　気管支喘息《ぜんそく》　アレルギー性鼻炎　慢性閉塞性肺疾患　高血圧症　高脂血症　前立腺肥大症　睡眠障害（ここには何故か書かれていないが、時々不整脈が起こる心臓の問題もある――原因不明のため何の治療も受けていないので不記載なのかもしれない）

＊居宅療養指導内容・治療経過　呼吸苦出現時連絡ください

また、老健の次年度の「リハビリテーション実施計画書」には、次のごとく記載されている。

心身機能の現状として、「運動機能障害　部位、両下肢・体幹　筋力低下　疼痛部位、腰痛」とあり、「継続利用が必要」とし、その理由としては、「呼吸機能維持のため」とし、「サービス移行の見通し」としては、「現時点ではデイケアの継続が望ましい」とある。また本人への注意として、「身体状況は大きな変化なく維持できています。ただし、以前に比べ、運動時の酸素飽和度92~96と変動がありますので、買い物などへ行かれる時は、適宜休憩を挟むなど無理のないように行ってください」とある。

こんな状況で、突然倒れる心配は十分にある。このマンションの部屋で孤独死するか、それとも救急車で運ばれた病院で死ぬか、分からないが、流れに任せるより仕方ない。

一月、同年代の半藤一利氏の老衰による訃報を聞いた。これは徳岡君にも私にも結構ショックだった。また、六月には十歳も若い立花隆氏の死を知り、仕事上様々な付き合いのあった徳岡君は気落ちしたという。しかし、「散る桜残る桜も散る桜」（良寛）である。間もなく満開になるだろう桜もまたアッと言う間に散ってしまうだろう。コロナ禍に今年は見ることもできないだろう。私にとって来年の桜はあるのだろうか。

【後日譚】

四月になって十日余りが過ぎたある日、新旧のケアマネージャーが連れだって来月の介護スケジュールの打ち合わせに来てくれた。

なんと、新しいケアマネさんは、旧知の人だった。亡妻の介護の時から私ともどもリハビリでお世話になってきた女性だった。彼女が四月から介護支援専門員（ケアマネージャー）になったのだった。発令されるまでは口にできなかったとのことだった。本文で記した私の「リハビリテーション実施計画書」を作成したのは彼女だった。専門的な知識の上に立って、私の身体機能については、私自身よりもよく知っているかもしれない彼女だし、私の生活環境についても、あらためて何も説明する必要のない相手だった。

なにも取越し苦労などする必要はなかったのだった。まさに、「待てば海路の日和あり」だったのだ。

実は、三月の下旬ごろには、私は、それに近い、穏やかな心境になれていた。ただ案ずることから、「安心」あるいは「覚悟」できるように、早く知りたいと思い、社内の異動らしいことは聞いていたので、何人もに尋ねてみた。しかし、人事に関する緘口《かんこう》は見事だった。何も分からなかった。

一人の仲良くしてくれている（私が勝手に思っているだけだろうが）介護士に訊いたとき、「あのケアマネさんが、土井さんに悪いことをするわけないじゃないの。心配なんかしないで待ってればいいのよ」と叱られて、その時、ああ、この人は知ってるなと思い、少し気が楽になった。そしてリハビリのときに担当の療法士にもケアマネ交替について話してみると、「ケアマネさんが何もおっしゃっていないなら、私の口からは何も言えないわ」との言葉を得て、この人ではないか、新しいケアマネは、と思えて、穏やかに「待つ」気になれたのだった。

また、五月、コロナの予防接種の予約を得た。かかりつけ医に照会し、そのクリニックでの個別接種の予約が取れた。ひとまずホッとした。

このニューコロナの流行が、実は一番の不安の源だった。肺に基礎疾患を持つ私は、感染すれば重症化することになるだろう。目下ワクチン以外にその不安を消す方法はない現状だった。後は接種の日までひたすらステイホームするぞと決意した。

九十一歳である以上「来年の桜を見られるだろうか」という思いが消えるわけはなかったが、「来年は、徳岡君宅の桜を見に行こうかな」と思うこともあるようになった。

ショウグンザクラ——あとがきに代えて

徳岡孝夫

私がこれを書いている令和三年春三月、私の家のささやかな庭には、二本の桜の木があり、枝いっぱいに蕾《つぼみ》がついている。

これは、『ショウグン（SHOGUN）』の作家ジェームズ・クラベルが、偶然彼の著書を読み感想を書いて送った、はじめての日本人読者となった私に贈ってくれた苗木が成長したものである。

ベトナム戦争の取材時、出発を待っている間米軍基地のコンクリートの床に座ったまま、いろんなペーパーバック本を読み、出発の際には、それを基地の書棚に残して戦争の現場に行った。その中に彼の『タイパン』という本があった。

そして著者の彼に、感想を書いて送った、と記憶している。まだ『ショウグン』発表の前だったので、英国のアジア貿易を書いた『タイパン』を読んでいる日本人は少なかったようで、クラベルは私を評価してくれた。それ以後の交流だったが、やがて来たのが『ＳＨＯＧＵＮ』の爆発的売れ行きだった。

ワシントンでは、大統領が定例記者会見で、「本日の夕方には、『ＳＨＯＧＵＮ』のシリーズ放映がありますので、今日はこれで早めにやめましょう」と言って記者たちが頷《うなず》いた、という伝説的な人気だった（一九八〇年、米国のＮＢＣネットワークで放映されていた、リチャード・チェンバレン、三船敏郎、島田陽子らが出演していたドラマ「ＳＨＯＧＵＮ」は、連日高視聴率を記録していた）。

クラベル氏はスイスのシャトーから手紙を寄越し、サクラはまだか、まだか、と書いてきた。彼の死後間もなくやっと花が開いた。

末筆ながら、かつて雑誌「諸君！」の巻頭随筆「紳士と淑女」を担当くださり、今回は本書の刊行にお力をいただいた文藝春秋専務、飯窪成幸氏、および本書の編集刊行の実務にて、たいへんお世話になった文春新書編集長、前島篤志氏に、深くお礼を申し上げます。

本書は文春新書のための書き下ろしですが、以下の四編のみ、「季刊文科」に掲載、一部改訂したものです。

土井荘平　ハーレム・ノクターン、何れ菖蒲か杜若、夢の浮橋――「ハーレム日記抄」（「季刊文科」令和三年四月）を加筆改訂

徳岡孝夫　三島由紀夫のこと――「『五衰の人』をつくる」（「季刊文科」令和二年六月）を一部改訂

徳岡孝夫（とくおか　たかお）

ジャーナリスト。昭和5年1月、大阪市生まれ。毎日新聞社で社会部、「サンデー毎日」、「英文毎日」の記者、編集次長、編集委員などを歴任。「ニューヨーク・タイムズ」のコラムニストも務めた。第34回菊池寛賞受賞。著書に『五衰の人——三島由紀夫私記』（新潮学芸賞受賞）、『横浜・山手の出来事』（日本推理作家協会賞受賞）など多数。

土井荘平（どい　そうへい）

昭和4年12月、大阪市生まれ。商社勤務、自営業を経て、リタイア後、小説、エッセイなど著述を始める。徳岡氏とは旧制北野中学の同級生。著書に『青い春、そして今晩秋』（鶴シニア文学大賞受賞）、『アホちゃうか——関西慕情』、『関西弁アレコレばなし』など。徳岡氏との共著に『夕陽ヶ丘——昭和の残光』がある。

文春新書

1332

百《ひやく》歳《さい》以《い》前《ぜん》

2021年9月20日　第1刷発行

著　者　徳　岡　孝　夫
　　　　土　井　荘　平
発行者　大　松　芳　男
発行所　株式会社　文　藝　春　秋

〒102-8008　東京都千代田区紀尾井町3-23
電話（03）3265-1211（代表）

印刷所　理　想　社
付物印刷　大　日　本　印　刷
製本所　大　口　製　本

定価はカバーに表示してあります。
万一、落丁・乱丁の場合は小社製作部宛お送り下さい。
送料小社負担でお取替え致します。

ISBN978-4-16-661332-8